バケモノの嫁入り

結木あい

STARTS
スターツ出版株式会社

目次

バケモノの嫁入り

（一）雪花の邂逅

帝國《ていこく》に初雪が降った。

まだ夜が明けきらない明け方の都は、人もまばらで静まり返っている。

妖魔《ようま》と呼ばれる異形が人の世に現れるようになってから数百年あまり。血の滴るような赤い瞳をぎらつかせ、鋭い牙を持った彼らは往々にして人を襲う。

か弱き人々はいまだ、このおぞましい異形におびやかされていた。

それでも中央政権を囲うよう、東西南北に最高峰の武力——帝國近衛《ていこくこのえ》軍を配置した国家は、妖魔にひるむことなく華やかな文明を開化させた。

帝や上流華族が住まう近代的な街、中央。

貿易の中心地で、水の都とも呼ばれる南都《なんと》。

賑やかな商人の街、西都《せいと》。

雄々しい自然が色濃く残る、北都《ほくと》。

そして中央に次ぐ大都市で、軍の本拠地がある東都《とうと》。

東都はこの日、今冬一番の寒波に見舞われていた。凍てつくような木枯らしが縁側から強く吹きつけ、身体を芯から冷やしていく。

換気のため開けていた硝子戸を慌てて閉めた千紗《ちさ》は、そのままそっと自分の頬に手を当てた。

さらりとした綿の感触が手のひらをくすぐる。自身の顔を隠す面布がちゃんとついていることを確かめて、ホッと息をついた。

しかし、こんなところで呆《ほう》けている暇はない。今日はとにかく忙しいのだ。心のなかで小さく意気込み、足早に屋敷の奥へと移動する。

千紗が寝起きしている女中部屋から、目的地の洗濯場までは少し距離があった。洋館と和館からなるこの屋敷は、軍需《ぐんじゅ》産業で財を成した有馬什造《ありまじゅうぞう》が建て替えたものだ。

室内装飾や調度品もきらびやかで、屋敷全体が有馬家の財力を誇示しているかのようである。

やがてたどり着いた人気《ひとけ》のない洗濯場はひどく底冷えしていた。吐いたそばから一瞬で凍ってしまう息が、外気温とさほど変わらないことを示している。

ふと右を見やると、柱に貼られている【退魔】の文字が目にとまった。

これは先日、中央から支給されたという護符だ。

聞くところによれば近頃、妖魔が家の中まで侵入して人を襲う事件が増えているという。この護符は『民の不安が少しでも和らぐように』とお上が用意したものらしい。

相手は獰猛《どうもう》な獣のように人の生気を喰《く》らう妖魔だ。こんな札一枚で対応できるとも思えないが、それでもないよりはマシなのだろう。

――いけない、よそ見してないで早く終わらせないと。

かじかんだ手に息を吐きかけながら、千紗は着物を洗濯板に擦りつけた。

冷たい水に指先が触れるたび、日々の家事でできたあかぎれがチリリと痛む。

それでも細かい汚れを見逃さないよう丁寧に洗い上げ、水を含んで重くなった最後の布を絞り上げた。

なんとか、時間内に終わらせることができた。あとは朝餉《あさげ》の準備をするだけだ。

固まってしまった身体をほぐすようにして立ち上がった瞬間、上からバサバサと布が降ってくる。なにが起こったかわからず目を瞬くと、冷たい声が頭上で響いた。

「ちょうどよかった。これも洗っておいてちょうだい」

そう言ってパンパンと手を払ったのは、千紗と同部屋の女中だった。

彼女が千紗に投げつけたシャツや着物は、どれも汚れたものばかり。中には、ワインの赤い染みができているものまである。

今からこれを洗っていては、食事の準備に間に合わないだろう。

「あ、あの」

千紗がおずおず口を開くと、ひときわきつい睨《にら》みが飛んできた。

「なによ」

「あとに回してもいいでしょうか。せめて、お食事の準備が終わってから――」

言い終わらないうちに、目の前がふっと暗くなる。

「駄目に決まってるじゃないか」

千紗の言葉を遮ったのは、後ろからやってきた女中頭だった。黒地の着物をまとった女中頭は千紗の前に立ちはだかると、山盛りの洗濯物を指さしてため息をつく。

「旦那さまが商談に着ていくシャツをご所望なんだ。少しでも時間に遅れれば、また折檻《せっかん》されちまうよ。口ごたえしてる暇があるなら手を動かしな」

女中頭の視線が、赤く腫れ上がった千紗の腕に落とされる。たすき掛けで袖をまとめていたせいで、折檻の痕が露わになっていたのだ。とっさに肌を隠した千紗を見て、同僚女中が意地悪く口角を上げた。

「養女のくせに、ここまで落ちぶれたあんたにお似合いの傷ね。まああんたみたいなのと同じ屋根の下で過ごしてやってるんだから、これくらい負担してもらわないと割に合わないわ」

明らかな侮蔑が混じった同僚女中の言葉に、千紗はきゅっと唇を噛《か》みしめた。

たしかに千紗は、この屋敷の当主である有馬什造に拾われた養子だ。しかし今は下女としてこの屋敷に仕えている。

女中頭は下っ端の憎まれ口をいさめることなく、ふんと鼻を鳴らした。

「もっと従順になりな。そうじゃないと、お前のようなバケモノを屋敷に置いてくれた旦那さまたちに申し訳が立たないよ」

女中頭が吐き捨てる。聞きなれているはずの『バケモノ』という言葉が、面布ごしに突き刺さった。しかし、これ以上どうやって従順になれと言うのだろうか。有馬家の雑事は、ほぼ千紗がひとりで請け負っているというのに。

「今すぐ、取りかかります」

女中頭たちの鋭い視線に平伏し、顔の後ろで結んでいた面布の紐《ひも》を結び直す。自分の顔を隠してくれている布が、万が一にも外れてしまわないように。

一日の間でもっとも慌ただしい朝の時間が過ぎ、正午を迎えた頃。

客人の茶汲《く》みをしてこい、と女中頭から言いつけられた千紗は、応接間の襖《ふすま》を開けた。

「失礼いたします。お茶をお持ちいたしました」

顔をなるべく見せないよう、三つ指をついて畳に額を落とす。

「ご苦労さま」

「……え？」

聞こえてきた返事に、思わず顔を上げた。

ご苦労さま、などという労いの言葉をかけられたのは、初めてだったからだ。

十畳ほどの応接間には、有馬家の面々がそろっていた。

貼りつけたような笑みで千紗に言葉を投げたのは、義母の弥栄子《やえこ》。こちらには見向きもせず、しっしと追い払うような手振りをしたのが義父の什造。なにも言わず、薄っすらと笑みをたたえているのが、義姉の美華《みか》である。

目線を横にずらすと、漆器塗りの長机を挟んだ向こう側に、見知らぬ初老の男が座っているのが見えた。女中頭が言っていた客人とはこの男のことだろう。

歳は四十代半ばくらいだろうか。威厳に満ちた姿ではあるものの、どこか下品な顔つきをした男だ。刀を持っているところから、かなりの地位の高さであることがうかがえる。

「ほう？　地味な身なりをしてはいるが、目を惹《ひ》く娘だな」

にやりと笑いながらこちらを見た男に、ぎょっとする。

「ご、ご容赦くださいませ……」

縮こまった千紗を見て、男の口角が上がった。

「その面布だけが気になるが、傷でも隠しているのか？　はたまた痣《あざ》モノか。だが、下はかなりの美貌であろう」

上下する視線は好意的なものではない。それどころか、ねっとりとまとわりつくような嫌らしさすら覚えた。

「いやはや、滅相もございません！　これは女中の中でも下賤《げせん》ゆえ、田沼《たぬま》さまが気にかけるほどの者ではないかと」

少し焦った様子でそう取り繕い、へらへらと媚《こび》を売る什造。

什造が言った『田沼』という苗字を聞いて、ハッとした。

この男はきっと、田沼泰山《たいざん》と呼ばれる貴人だ。

数日前、女中たちが噂《うわさ》していたのを覚えている。田沼は息子の婚約相手を探しており、近々この有馬家へ挨拶に来るらしいと。

――嫌なところに来てしまったわ、早く下がらないと。

恐らく、田沼は有馬家長女である美華の評判を聞いて駆けつけたのだろう。

質素な給仕服を着る千紗とは違って、美華は艶やかな着物を身にまとっていた。

愛されて育ったことがよくわかる自信に満ちた佇《たたず》まいに、名前負けしない美しい容姿。その姿は夜会などでも有名で『社交界の華』と称されるほどだ。

「ここは、私たち家族とお客人の間ですわ。敷居をまたいでは駄目よ。お盆を置いて下がりなさい」

千紗が狼狽《ろうばい》していることに気がついたのか、にっこりと笑った美華があくまでも上品にこちらを見やる。

これは言うまでもなく〝早くこの場からいなくなれ〟という意味だ。

「お邪魔いたしました。すぐに下がります」

美華たちの機嫌をこれ以上損ねないよう頭を下げ、応接間の襖を閉めようとしたそのとき、田沼が「ちょっと」と千紗を呼び止めた。

「まあまあ、そんな追い払うような真似をしなくてもいいではないか。君、こちらへきて茶を汲みなさい」

「か……かしこまりました」

一瞬ためらったものの、貴賓である田沼を無下にするのもよくないだろうと判断した千紗は、身を固くしながら座敷の中へ足を踏み入れた。

幸い什造たちは田沼との会話に華を咲かせることに必死で、さほどこちらを気に留めていないようだ。

このまま素早くお茶を淹《い》れて下がろう。

焦る気持ちを抑えながら畳の上へ膝をつき、長机に人数分の湯呑《ゆのみ》を置いていく。

すると、そんな千紗の動向をじっと見据えていた美華が笑みを浮かべた。

「私も手伝うわ」

「そんな、美華さまのお手を煩わせるわけにはいきません」

「いいのよ」

笑顔のまま千紗を制し、身を乗り出した美華に拍子抜けする。

いったい、どういうつもりなのだろうか。こんな真似、いつもだったら絶対にしないのに。

すると視界の端で美華の表情が消えるのがわかった。

「命令を無視したわね」

「……え？」

「敷居をまたいではいけないと言ったでしょう？」

耳元でささやかれた抑揚のない声に背筋が凍る。恐ろしい悪鬼のような表情を浮かべた美華はそのまま急須へ手を伸ばすふりをして、千紗の面布を留めていた紐をスッと引いた。

「……っ、あ！」

まずいと思ったときにはもう遅かった。

面布で隠されていた素顔がさらされ、この場にいる四人全員と目が合う。

息をのむような音が聞こえた。田沼のものだ。

慌てて両の腕で顔を覆う千紗だったが、手遅れだと言わんばかりに鋭い刃の音が鳴り響く。

田沼が立ち上がり、帯刀していた刀を抜いたのだ。

「ば、バケモノ……!!」

放心したような様子でそう呟き、田沼は千紗の顔に刀を突きつけた。

「ひ、あ……」

一歩でも動けば刀身が頬をえぐりそうで、全身から力が抜け落ちるのがわかった。

――バケモノ。

千紗の素顔を見た人は誰もが皆、そう口にする。

本来ならば死人の顔につけられる白い面布は、妖魔のように赤い千紗の左目――妖《よう》痕《こん》を隠すためのものだ。

幼い頃、千紗は妖魔に襲われ生死の境目をさまよった。

執着心の強い妖魔は捕えそこねた獲物に傷をつけ、血を残す習性を持つ。

妖魔の血を入れられた者は、そのほとんどが邪気の影響で死んでしまうという。それでも時折、千紗のように生き残る者がいた。

しかし奇跡的に生き残ったとしても、その者は死より辛《つら》い地獄を味わう。

なぜなら血が混じった者は、身体の一部が妖魔のように変化してしまうからである。

傷口から妖魔の血が入ったせいで、千紗の左目は朱に染まってしまったのだ。醜くおぞましい、バケモノの色に。

「その赤目はなんだ、どう見ても妖魔のものじゃないか！　そこになおれ、縛りつけてお上に差し出してやる！」

「た、田沼さま、どうかご勘弁を……うちの女中が本当に申し訳ございません！」

声を荒らげて激昂《げっこう》する田沼を、什造が慌てて制止する。一方、弥栄子は美華を抱き寄せて千紗から距離を取るのみ。ふたりとも千紗をかばうつもりは微塵《みじん》もなく、什造に至っては体裁を保つのに必死だということが透けてみえた。

「お、お許しください……どうか……」

本来なら妖魔に向けられる刀を突きつけられ、カタカタと震える千紗。

美華は、そんな千紗を見て小さく笑った。しかし、その表情はすぐに打ちひしがれた乙女の表情へと変わる。

「自分から面布を取るなんて信じられない。素顔を受け入れてもらえるとでも思ったのかしら」

「そ、そんな、どうして……?」

違う。千紗が自分から取ったわけではなく、美華に紐を解かれたのだ。

そうとは言えず、青ざめながら首を振った。しかし返ってきたのは、冷たく凍った蔑みのまなざしのみ。

「やだ、その醜い目でこっちを見ないでちょうだい。生気を奪われるかと思うと恐ろしくってたまらないわ」

美華はさめざめと嘆きながら、千紗を直視しないよう両手で顔を覆った。

すると顔を真っ赤にした弥栄子が、震え続ける千紗をじろりと睨みつけた。

「いつまでそうしているつもりなの!? 早く出ていきなさい、このバケモノ!」

「あ……」

「お前のその醜い瞳を見ていると、吐き気がするわ。まったく……大事な客人の前だというのに、忌々しい！」

嫌悪感に満ちた弥栄子の言葉に、さっとひれ伏した。

恐ろしさで気を失ってしまいそうになるのを、なんとかこらえる。うまく息ができなかった。早く顔を隠さなければいけない。こうして他者と目が合っていること自体、決して許されないというのに。

妖魔に襲われたあと、病で肉親を亡くした千紗は、東都の富豪である有馬家の養子となった。しかし、家族として迎えられたわけではない。

かねてより黄金色の瞳には、妖魔の邪気を浄化する力が宿るとされていた。『退魔の神通力《じんずうりき》』と呼ばれる稀有《けう》な力だ。

千紗の両眼も妖魔に襲われる前までは綺麗《きれい》な黄金色だった。十年前、有馬什造が千紗を引き取った理由も、その瞳に神通力が宿っていると期待したからである。

しかし千紗はいつまで経っても力を発現させることができなかった。元々素質がなかったのか、片目を妖痕に侵されたせいなのかはわからない。

千紗が背負ったのは、無能の役立たずというレッテルと、醜いバケモノという呼び名。そんな千紗が有馬家で生きるためには、守らなければいけない約束ごとが三つあった。

下女として、意思を持たない人形のように奉仕し続けること。

いつ何時でも、有馬家の人々の機嫌を損ねないよう行動すること。

そして、絶対に面布の下の素顔を見せないこと。

なにがあっても、絶対に守らないといけなかったのに。

「申し訳、ございませんでした」

恐怖と後悔で、肺が引きつるようだった。

血の気の引くような思いで面布の紐を結び直し、座敷を出る。薄い布地で隠れた左目が、鈍く痛むような気がした。


日が落ちた中庭に、パシンと乾いた音が鳴り響く。

「醜いバケモノが、立場をわきまえなさい！」

「っ、う……」

美華のために用意された席を邪魔した罪で、手を上げられ続けて三十分あまり。

千紗に折檻をするとき、美香はいつも人目につかない場所を選ぶ。『可憐《かれん》な令嬢』というイメージを誰よりも大切にしているからだ。しかし今の美華は、とても可憐とは言えない邪悪な顔をしていた。

ぐらりと視界が揺れ、身体の力が抜けそうになる。先ほどから外の寒さと身体の痛みで、立っているのもやっとなほどだった。

「田沼さまに少しおだてられたからって、まんざらでもないような顔をして応接間へ入ってきたわよね。なに？　あわよくば婚約の話を奪ってやろうとでも思ったわけ？」

「そんな、私なんかにそんなこと、できるはずがございません……」

「フン、当然でしょう。それなのに、この私の邪魔をするなんて恥知らずにもほどがあるわ。生きてて恥ずかしくないの？」

「申し訳ありません……お許しください、どうか……」

感情をなくしたように頭を下げる千紗を見て、美華が舌打ちをする。

「その声も、辛気臭い態度も、すべてが気に食わないわ。お父さまたちも、どうして役立たずのあんたをいつまでも置いておくのかしら」

醜いバケモノ。

あんたなんか人間じゃない。

役立たずのくせに。

折檻と共に容赦なくぶつけられる言葉の暴力を、千紗はただ真正面から受け止め続ける。決して許されないのだろうと思いながらも、謝ることしかできなかった。

面布の下でじわりと涙がにじむ。それでも、赤く染まった左目からは涙すら出ない。

自分は人間ではない別の生き物なのだと嫌でも痛感させられ、目まいがした。

意識がぼんやりと遠ざかっていく中、美華が再び手を振り上げる。またぶたれるのだと身構えた瞬間、けたたましい警笛が鳴った。

「な、なによこの音は!?」

うろたえる美華につられて、千紗も空を見上げる。

先ほどまで顔を見せていた月がない。だんだんと夜の闇にのまれていく空がかすかに淀《よど》んで、薄黒いモヤがかかっているように見えた。

——なにか、嫌な予感がするわ。

暗闇からなにか得体のしれないものが出てくるような気がして、ぞくりとする。

すると縁側の硝子戸が勢いよく開き、弥栄子が顔を出した。

「美華ちゃん！」

「お母さま、どうしたの？」

「近くに妖魔が出たの。前に馬車が停まっているから母さまたちと逃げましょう！」

妖魔が出た。そう聞いた瞬間、美華がひっと声をあげた。

先ほど鳴り響いた警笛は、妖魔襲撃の知らせだったのだ。

慌てて逃げようとする美華の背を押しながら、弥栄子が千紗の方を振り返った。

「お前はここにとどまりなさい」

「そんな、しかし奥さま……っ」

「あら、口ごたえするの？　近頃の妖魔は家の中まで入ってくるらしいじゃない。私たちが無事に逃げられるよう、お前がおとりになるのよ」

至極当然という顔で言い切った弥栄子に言葉を失う。

「肥溜《こえだ》めに捨て置くような妖痕持ちのお前を、善意で今まで置いてやったっていうのに……神通力が発現するどころか、ちっとも役に立たなかったわ。それどころか昼間は美華ちゃんのために用意した席を台無しにして、とんだ疫病神ね」

顔を歪《ゆが》め、着物の裾で口元を覆う弥栄子。

弥栄子に手を引かれ、こちらを振り返った美華がふふっと笑う。

「役立たずの疫病神でも、最後に役目をもらえてよかったじゃない。バケモノ同士、仲良くできるんじゃないかしら」

そうささやいた美華の嬉しそうな笑顔を見て、手足が冷たくなっていくのがわかった。

――この人たちは、私に慈悲をかけるつもりなんてさらさらない。それどころか私に早く死んでほしいのね。

これは当たり前の待遇なのだと自分に言い聞かせながらも、千紗は心が凍りついていくのを感じていた。

ひとりぼっちの千紗を置き去りにして、美華たちが去っていく。

遠ざかっていく足音を聞きながら立ちすくんだ千紗の上に、ちらちらと粉雪が降り始めた。

もう、頑張れないかもしれない。どれだけ頑張って生きても、ただそこに存在しているだけで悪意を向けられてしまう。忌み嫌われてしまう。

それならもういっそ、皆が望むように死んでしまった方がいいのではないだろうか。

鼻の奥がツンと痛み、肺に冷たい空気が入り込む。

しばらくそうしていると、雪景色に混じる黒いモヤが濃くなっていき、焦げついたような匂いが辺りに充満していくのがわかった。

「妖魔の、匂い……」

妖魔に襲われた瞬間の記憶はないのに、なぜかそのむせ返りそうな匂いだけが鮮明によみがえった。

グルル……と低いうなり声が聞こえる。

ハッとして後ろを振り返ると、屋敷の土塀に影が映っているのが見えた。

乱れた髪に、ぐにゃりと曲がった背筋。どう見ても人間のものではない。

皮肉にも、そのおぞましい影が映った塀には妖魔除けの護符が貼られていた。

――本当に妖魔が入ってきた。壁を挟んだ、角の向こうにいる。

恐ろしさで叫び出しそうになりながらも、ずりずりと後ずさり、後ろ手で裏戸を閉めた。

妖魔が何体いるかはわからないが、このまま外へ逃がしてしまえば美華たちの身が危ないかもしれない。とっさにそう判断したのだ。

そのときだった。うなり声がいっそう大きくなり、立ちすくんでいた千紗に黒いモヤが襲いかかる。

「……っ！」

幽鬼のような見た目をした妖魔がこちらに牙を向ける瞬間が、やけにゆっくりと視界に入ってきた。

人型の妖魔だ。振り乱した白髪から覗《のぞ》く赤黒い両眼が千紗を捉えている。千紗と同じ、バケモノの色だ。

その瞳と目が合うと、心の奥底にあるすべての喜びが失われていくような感覚におちいった。

——死にたくない。

頭のどこかでそう思う自分に気がつき、涙がこぼれた。

どうして、この期に及んで死を受け入れられないのだろうか。生きたいと願ってしまうのだろうか。

醜い自分は、そんな希望を持つことすらおこがましいというのに。

息をする間もなく、千紗はぎゅっと目を閉じる。それが、最後の抵抗だった。

あと少しで妖魔の牙が頭上に届く。そう覚悟した刹那、ふわりと温かいものが千紗の身を包み込んだ。


「――!?」


鈍い振動が、身体ごしに伝わった。

なにが起こったかわからず目を開ける。すると、粉雪の中で舞う黒が見えた。

やがて目が暗闇に慣れてくると、黒く見えたそれが人間であると気づく。

黒い軍服に身を包んだ男が千紗を護ってくれたのだ。そうわかったのは、雲間から顔を出した月が彼を照らし出したからだった。

千紗の肩を引き寄せ、ぐっと息を吐き出した男は、対峙《たいじ》した妖魔に刀を振るう。すると鋭い斬撃音と共に、ぎゃあと叫び声があがった。

千紗がもう一度瞬きをしたとき、そこにいた妖魔はもう塵《ちり》となって消えていた。

ホッとしたように浅く息をついた男は、千紗の身体をそっと引き離す。

「すまない、危急のため肩に触れた。怪我はないか?」

張り詰めた声でそう言った男の姿を見て、息をのんだ。

――なんて、美しい人なのだろうか。

闇よりも深い黒髪に、青と橙《だいだい》が混じった朝焼けのような瞳。

涼やかな目元のせいか冷たい印象を受けるが、それが余計、男の美しさを強調している。

まとうは帝國近衛軍の黒い軍服で、肩の階級章には紋印が刻まれていた。

千紗の記憶が正しければ、この軍位は最上である『総督《そうとく》』のものだ。

呆けたように男を見る千紗だったが、視線の先にいる男もまた、目を見開いてこちらを見つめていた。

「……千紗？」

意図せずこぼれたように、男が唇を震わせる。

――今、私の名前を呼んだ？

初対面の相手から名前を呼ばれ驚いていると、男は離した千紗の肩を再び掴《つか》んだ。

「歳はいくつだ。生まれは、名はなんという」

切羽詰まったようにそう畳みかけられ、慌てて口を開く。

「と……歳は今年十八になりました。生まれは、幼い頃の記憶があいまいなのではっきりとしたことは言えないのですが、十年以上前からこの東都で暮らしております。名は、有馬千紗と申します」

千紗の言葉を聞いた男は、ありえないとでも言いたげな表情で口元へ手をやった。

この人はどうしてこんなことを聞くのだろうかと、ひそかにうろたえる。投げかける言葉も、熱を帯びたまなざしもまるで、千紗をずっと捜していたかのような――。

「あの、あなたはいったい？」

そう聞くと、男はハッとしたように視線を戻した。

「帝國近衛軍総督、東都隊隊長の一条七瀬《いちじょうななせ》だ」

「一条、七瀬さま」

それは、社交場に出ていない千紗でも聞き覚えのある名だった。

近衛軍の中でもっとも権力を持つ軍人、一条七瀬。

弱冠二十二歳で近衛軍の最上位に就いた若き天才。

冷酷無慈悲で、目的のためならば人を殺めることすらいとわない戦闘狂。

周囲が彼を表す言葉は、いつも物騒なものばかりだった。

しかしその強さは折り紙付きで『帝國を護る刀』と称されるほどだ。

――軍の総督さまに助けられるなんて……。さっきまで、もうここで死んでしまうものだと思っていたのに。

千紗があらためてお礼を言おうとしたそのとき、掴まれていた肩が引き寄せられ、柔らかく抱きしめられる。

思わぬ抱擁に、出しかけていた言葉は「あっ」という声に変わった。

「ようやく見つけた、ずっと捜していたんだ」

「え……？」

「千紗、月に愛された娘――俺の花嫁になってくれるか」

投げかけられた言葉の意味を理解する前に、七瀬によって強く抱きすくめられる。

――なにが、起こっているのだろう。

目の前に広がる雪景色は、まるで何事もなかったかのように静まり返っていた。

しんしんと降り続ける雪を視線だけで追い、おずおずと七瀬の背に手を回す。

どういうわけか、今はそうするべきだと千紗の心が叫んでいた。

なぜか懐かしさを覚える七瀬のぬくもり。凍えきっていた心に、温かなものが広がっていく。

ずっと耐えがたい孤独を感じていた千紗の頬にひと筋の涙が伝った。

（二）月に愛された娘

妖魔の襲撃があった夜からひと晩。七瀬に保護された千紗は、彼の生家である一条家へと連れてこられた。

しかし保護といっても名ばかりで、実際は力が抜けてしまった千紗を抱きかかえた七瀬がそのまま帰宅しただけにすぎない。そしてどうやら千紗は、家に入ってすぐ気絶するように眠ってしまったようだった。

目が覚めると、千紗は十畳ほどの座敷にいた。面布の紐も外れることなくしっかり結ばれていたため、思わず安堵《あんど》したことを覚えている。

洗い髪から、ふわりといい香りがした。豪華な朝餉でもてなされたあと、あれよあれよという間に湯あみまでさせてもらったのだ。

着替えに用意されていたのは、綺麗な白地の着物だった。千紗が着ていた小紋は昨日の襲撃で破れてしまっていたのである。そのため心苦しくはあったものの、おそるおそる上質な着物に袖を通した。あとで必ず返すことを心に誓って。

——そこから、すぐ総督さまを捜しに行こうと思ったのだけど……この状況はいったいどういうことかしら。

今、千紗がいる座敷にはピンと張り詰めたような緊張感がただよっていた。

その原因は、数秒前に襖を開けたままこちらを見据えている男にある。

七瀬と同じ外套《がいとう》を羽織っているところから見るに、彼もまた近衛軍の軍人なのだろう。後ろでしっかりとまとめられた色素の薄い茶髪に、生真面目そうな顔つき。どこか近寄りがたい雰囲気を持った男だ。

「あ、あの……東都隊の軍人さまでしょうか?」

沈黙に耐えきれなくなった千紗が立ち上がろうとすると、目の前の男がそれを制止した。そして、仕方ないと言いたげな表情で口を開く。

「そのままで結構。私は帝國近衛軍中佐《ちゅうさ》、東都隊所属の林田南雲《はやしだなぐも》という者です。軍では一条総督の側近を務めています」

七瀬の側近を名乗った男は、気乗りしないという態度を隠そうともせず千紗を見下ろした。

上官の屋敷に奇妙な女が上がり込んでいるのだ、嫌悪感を覚えて当然だろう。それならせめて、挨拶だけでもしっかりしなければと首を垂れる。

「お初にお目にかかります、有馬千紗と申します。昨日、東都隊の皆さまには危ないところをお助けいただき――」

「ああ、そういうのは結構です。妖魔を討伐したのは一条総督なので、礼なら総督にお願いします」

「……っ」

あからさまに距離を置かれてしまった。

出鼻をくじかれ言葉を詰まらせた千紗を見て、面倒くさそうに目を伏せた南雲は敷居をまたぐことなく続けた。

「単刀直入にお聞きします」

「は、はいっ」

「あなたは退魔の神通力を使えるのですか」

南雲の鋭い視線が突き刺さり、息をのむ。どこから情報が伝わったのかはわからないが、この人は千紗の特徴を知っているのだ。幾度となくぶつけられた『役立たず』という言葉がよぎりながらも、千紗は小さく頭を横に振った。

「いえ、そのような力は使えません」

南雲の眉がわずかに動く。

「幼少期に力の片鱗《へんりん》を感じたこともないですか？」

「それは……わかりかねます。私には幼い頃の記憶があまりないのです」

幼少期の記憶がないというのは事実だった。妖痕をつけられたあと、千紗は突発的な記憶障害を患った。物心つく前に母親を亡くし、父親とふたり暮らしをしていたことは覚えているものの、思い出のほとんどが霧がかかったようにおぼろげなのだ。

「よくわかりました。つまり現時点で力は期待できないということですね」

ため息をついた南雲が、ぴしゃりと吐き捨てた。こちらを全否定しているかのようなその態度に、背中を冷たいものが伝う。

――なにか、特別嫌われることをしてしまったかしら。

身をすくませ、きゅっと手のひらを握りしめる。千紗は美華から『ただそこにいるだけで気分が悪くなる』と、よく言われていた。東都隊の人には、ただでさえ昨晩から迷惑をかけっぱなしなのに、不快な思いまでさせてしまったなんて。

「林田中佐、そこでなにをしている」

再び場が静まり返ったそのとき、面前から凛《りん》とした声が響く。

思わず顔を上げると、南雲の後ろに七瀬が立っているのが見えた。

昨日は総督の階級章がついた軍服姿が印象的だったが、今日はさらりとした風合いの和装姿だ。

濃紺の大島紬《おおしまつむぎ》で合わせた着物と羽織が、七瀬の洗練された雰囲気によく似合っていた。

「千紗となにを話していた？」

委縮しきった千紗と南雲をちらと見比べた七瀬が、眉をひそめながら問う。問いかけられた南雲はなにくわぬ顔をして七瀬に向き合った。

「客人にご挨拶をしておりました。その他は、特になにも」

客人、という言葉をやけに強調しながら答えた南雲。

すると、七瀬の眼光が鋭くなった。

「彼女は客人ではない。それに俺が命じたのは〝屋敷内の見回り〟であって〝襖を開けて挨拶すること〟ではなかったはずだが？」

怒気が混じった七瀬の声が落とされ、一瞬にして空気が凍りつく。七瀬の雰囲気は、世間でいう『冷酷非道な軍の総督』そのものに見えた。

――お声も、表情も冷たく凍りついていて、昨日とはまるで別人のようだわ。

無意識のうちに肩を震わせてしまった千紗とは対照的に、南雲は表情を変えないまま最敬礼を返した。

「大変申し訳ございませんでした。以後、留意いたします」

「次はない。下がれ」

「……はっ」

顔を見ないまま続けた七瀬にもう一度敬礼した南雲。彼が去り際、縮こまる千紗を睨みつけていったのは気のせいじゃないだろう。

襖が閉まったことを見届けた七瀬が、千紗に声をかける。

「具合はどうだ。痛む場所はないか？」

「は、はい、どこも問題ありません。おかげさまでひと晩安心して眠りにつくことができました」

「そうか、よかった」

ふわりと七瀬の雰囲気が和らぐ。そこでようやく千紗はホッと身体の緊張を解いた。ここにいるのは昨日自分を助けてくれた彼と同一人物であると実感できたからだ。

「昨晩は本当にありがとうございました。私が今こうして生きていられるのは、総督さまをはじめとした東都隊の皆さんのおかげです」

七瀬に向かい、あらためて深々と頭を下げる。南雲には感謝の言葉を拒まれてしまったけれど、千紗が無事に今日を迎えられたのは東都隊の尽力があったからだ。

するとと七瀬が無言で歩み出て、千紗の前に膝をついた。

「そんなふうに頭を下げなくてもいい。これからは俺や他の隊士がお前の護衛をする。なにか不自由があれば遠慮なく言ってくれ」

「これから、ですか……？」

昨日の妖魔はもう討伐し終えたはずなのに、どうして今後の話をするのだろうか。

そのとき、ふと自身が身に着けている白地の着物が目にとまった。

そして、まっすぐこちらを見つめる七瀬に視線を返す。

「あの、どうしてこんなによくしていただけるのでしょうか。総督さまのお屋敷でひと晩保護していただいただけでも身にあまるほどなのに、湯あみや素敵な着替えまで……」

きゅっと表情を固めた千紗に、七瀬は一瞬目を見開いた。

「そんなにかしこまらないでくれ。いろいろ用意したのは俺がそうしたかったからだ」

「で、でも」

「受け入れがたいか？　だが、花嫁にしたいと迎え入れた女性を大切にするのは当然だろう。むしろ足りないくらいだ」

まっすぐ千紗を見つめてそう言った七瀬に、拍子抜けしてしまう。

「はな、よめ……？　あれは夢ではなかったのですか？」

思わず、そう口にした。

頭の中、浮かんできたのは昨晩の光景。七瀬に抱きしめられて『花嫁になってくれるか』と言われたことだ。

正直あまりに現実離れした出来事だったため、都合のいい夢でも見たのだろうと思っていた。あの一条七瀬が自分を求めるなんて、普通に考えてありえないのだから。

「求婚のことなら夢じゃない。俺は千紗を一条家の妻に迎えたいと思っている」

そう念を押した七瀬のまなざしからは、確固とした意志を感じた。

その表情を見た瞬間、先ほど交わした南雲との会話がよみがえる。

——もしかして、総督さまは私に神通力があるとお思いなんじゃ？

七瀬の側近である南雲は開口一番、千紗に神通力の有無を尋ねてきた。もし初めから稀有な力を望んでいたのなら、無能な千紗に対して冷たく当たったことにも納得がいく。

「わ、私は総督さまの利益になるような者ではありません。特別な力はひとつとして使えない無能なのです」

あらためて『無能』と口にすると、今まで受けてきた仕打ちを思い出して勝手に身体が震えてしまう。

怯《おび》えるように頭を下げた千紗を見て、七瀬がぴくりと動きを止めた。

「それにこの面布の下には……その、妖痕も残っておりますので……」

できれば言わないままでいたかった。それでも話しておかなくてはいけない。

きっと、勘違いだったとわかればすぐにでも有馬家へと帰されるのだろう。加えて妖痕があると知られた以上、この場で斬り捨てられてしまうかもしれない。

昨日、殺気立った田沼から刀を向けられたことを思い出し、ぞくりと肌が粟立《あわだ》つ。

黙って聞いていた七瀬は深いため息をつくと、千紗の身体をそっと起こした。

「妖痕など気にしなくてもいい」

「……え？」

想像していたものとは違う返しに、顔を上げる。面前にあったのは、どこか切なさがにじんだ朝焼け色の瞳だった。

「ついでに言っておくと、俺は利益のために求婚したわけじゃない」

そう続けた七瀬が、畳の上で震える千紗の手を取った。

温かな体温が手のひらから伝わってくる。昨日と同じ、触れているだけで不思議と心が満たされていく温度だった。

そのとき、障子のすき間からふわりと風が舞い込んだ。風にのってやってきた小さな雪の結晶が千紗の髪にのる。七瀬は一瞬で水滴に変わりつつあるその雪を指先でぬぐいながら、千紗に視線をやった。

「ひとまず話はあとだ。俺の部屋へ行こう」

「へ、部屋ですか？」

言葉の意味を一瞬理解できず、勢いよく聞き返してしまう。

するとその勢いにやられたのか、七瀬がふっと笑った。

「そんなに心配しなくても、とって食べるような真似はしない。部屋と言っても寝室ではなく書斎の方だ」

立ち上がり、そっと千紗の手を引いた七瀬。

七瀬が笑った意味を考えて頬を熱くさせながらも、千紗は抵抗することなくその導きに従った。

襖を開けて外に出ると、ひんやりと澄んだ空気が身体を包み込む。

あらためて見た屋敷の中は目を見張るほど広大で、開放的な雰囲気に満ちていた。回廊から見えたのは、広い中庭を彩るように造られた大きな池。冬の日差しに照らされて、池の水面がキラキラと光っていた。

水辺には水仙の花が点在しており、屋内にいる千紗のところまで甘い香りがただよってくる。有馬家とは比にならないくらい華やかで素敵なお屋敷だ。しかし千紗の意識は、半歩前をゆく七瀬の横顔とつながれた右手に集中していた。七瀬の足取りが一定なのは、きっと千紗の歩幅に合わせてくれているからだろう。

――とても不思議な人。どうしてこんな私に優しくしてくれるのだろう。

利益のためじゃないのなら、七瀬はどういうつもりで千紗に求婚したのだろうか。身も心もボロボロでなにも持っていない自分は、彼の隣にいていいような人間ではないのに。

七瀬の書斎は、明るい回廊をしばらく進んだ先にあった。

中に入った瞬間、大きなステンドグラスの窓が目に入ってくる。

「わぁ……」

花や月などを模したガラスが陽光を反射させ、色鮮やかに灯りを落としていた。

床は他と同じく畳張りで和の雰囲気をかもし出しているのに、ところどころに西洋の風を感じる奇抜な室内だ。

辺りには書きかけの書類や本が積み上がっており、古書特有の落ち着く香りがした。

「素敵な書斎ですね……西洋風で、とても美しいです」

初めて見たステンドグラスの色彩に声が弾んでしまう。

「西洋風？　ああ、丸窓のことか。施工士の趣味だ」

振り返った七瀬が、千紗の顔向きを追って納得したようにうなずく。

「施工士の？」

「ああ。たしかに美しいが、はめごろしで開け閉めができないから少し不便でもある」

苦笑しながら書物を文机に移動させた七瀬は、座布団の上にすとんと腰を下ろした。

そして立ちすくんでいた千紗を見上げると、おもむろに手を伸ばす。

「おいで」

表情をゆるめながら千紗を呼んだ七瀬。

その愛おしげに細まった瞳に射られ、思わず手を取ってしまう。

すると七瀬はその重なった手を、くいっと自分の方へ引き寄せた。

「きゃっ！」

たちまち体勢をくずした千紗が七瀬の上に倒れ込む。

なすすべもなくなだれ込んだ千紗を柔らかく抱きとめた七瀬は、そのまま千紗の身体を持ち上げて、すとんと自分の膝に座らせた。

「えっ……!?」

「ん？」

処理が追いつかず、すっとんきょうな声を出した千紗が顔を上げると、眉だけを動かした七瀬が見えた。

視界を覆うのは、この上なく端整な顔をした男の微笑み。

このまま見ていては駄目だ、そう本能で感じ取った千紗はサッと顔を伏せた。

――もしかして私、総督さまの膝の上にのっているの？

背中に感じる、温かな体温。後ろ抱きにされ、お腹に回る七瀬の腕。

ようやく自分の体勢を理解した千紗は、心の中で声にならない声をあげた。

いやそんなことよりも、避けられない事故だったとはいえ最高軍位である総督の膝に座ってしまうなんて、ものすごく不躾《ぶしつけ》なのではないだろうか。

「も、申し訳ありません！　す、すぐにどきますので……ひゃっ！」

「このままでいい。どうせ他に座る場所などないんだから」

勢いよく謝って身をよじろうとした千紗を、七瀬の腕が引き寄せる。結果的に、先ほどよりも身体が密着してしまう事態となった。

――こ、これは、どういう状況なのかしら……。

耳元で鳴っているのかと思うくらい、大きく響く自身の鼓動。

するとして行きどころがなくなっていた千紗の手のひらを、七瀬がそっと掴み上げる。

そしてもう片方の手で文机の上にあった小さな陶器を取り、器用にその蓋を開けた。陶器の中には透明な軟膏《なんこう》のようなものが入っている。七瀬はその軟膏を指先ですくい上げると、千紗の腕に塗りつけた。

ひんやりとした感触に、びくりと肩が震える。

「これは近衛軍でも使われている塗り薬だ。すり傷や、あかぎれにもよく効く」

「すり傷……あっ」

そう言われてようやく、自身の身体がひどく荒れていたことを思い出した。

着物で隠れている肌には、日常的に受けていた折檻の傷も残っている。

きっと七瀬は千紗の傷に最初から気づいており、ここへ連れてきたのだろう。しかしお世辞にも綺麗とはいえない身体を七瀬に見られていると思うと、いたたまれない気持ちになった。

「その、ありがとうございます。あとは自分で塗れますので……っ」

「まだ駄目だ、離れないでくれ」

やんわりと拒否されてしまい、ぐっと言葉をのみ込む。

今がどういう状況で、どうしてこうなったのかはさっぱりわからないままだ。

それでも壊れ物に触れるようにして動く七瀬の指先を、千紗が拒めるはずもなかった。

こうなってしまえばもう耐えるしかないと考え直した千紗は、四肢に力を入れて唇を噛みしめる。

書斎には陶器がカチャリと鳴る音と、千紗たちの息づかいだけが響いていた。

なんだか不思議だ。心臓がどうにかなってしまいそうなほど高鳴っているのに、背中ごしに伝わってくる穏やかな鼓動も、こちらを気遣うような手つきも、彼のすべてが優しく心地いい。

「っ、う」

塗り薬が傷に触れた瞬間、じんわりとしみた感覚がして小さな声が漏れた。

「やっぱり腫れているな、これは叩《たた》かれた痕か？」

千紗の腕に薬を塗り込みながら七瀬が問う。たしかに、赤く腫れている傷はすべて美華から受けた折檻の痕だ。どう返答しようか迷いながらうなずくと、七瀬はなにかを耐え忍ぶように深く息を吐き出した。

「……あの家の者たちはお前に何度こうして手を上げた」

静かに落とされた七瀬の声色には、強い怒りがにじんでいるようだった。

「わ、私が怒らせてしまったのが悪いんです。私は、あの方たちが望むような力を発現させることができませんでした。これはその報いで……」

震え声でそう返す千紗。

有馬家の人たちは千紗を虐げながら、『これは報いだ』と何度も言った。無能な愚図だと叩かれ、理不尽に当たられ、まともな人間として生きることは許されなかった。そして最後は見放されて、妖魔がうろつく邸内にひとり置いていかれたのだ。

それは生きながらにして死んでいるような日々だったと、千紗の身体中に残った傷が証明している。

すると、後ろから回った七瀬の腕に力がこもった。

「報いを受けるのは有馬家の方だ」

「え?」

「ところどころに残る傷や、抱え上げたときの身体の軽さ……お前が今までどうやって生きてきたのか、あの家でどんな扱いを受けていたのか、嫌でも伝わってくる。お前にこんな仕打ちをした者たちを俺は決して許さない」

ひんやりとした殺気が七瀬から漏れる。許さないという言葉に込められた怒りが、千紗の耳にまっすぐ届いた。

彼は今、自分のために怒ってくれているのだ。数秒遅れてそう気づいた千紗は、胸がきゅっと締めつけられるのを感じた。

——怒ってくれて嬉しいと、そう思ってしまうのは都合がよすぎるかしら。

七瀬が向けてくれる感情は、そのどれもが優しく温かい。雪が降りしきる中庭で抱きしめられたときと同じで、凍りついた千紗の心を柔く溶かしていくようだった。

しばらくして千紗の腕から手を離した七瀬は、再び陶器から塗り薬をすくい上げた。

そして、後ろから抱きしめるような形で千紗の頬に触れる。

触れられたわずかな振動で面布が揺れ、頬にひんやりとした感触を感じた瞬間、さあっと血の気が引いていくのがわかった。

「……っ！」

面布の下は、絶対に触れられてはいけない。

もし妖痕を見られてしまえば、この人もきっと他の人と同じく不快に感じるはずだ。醜いと、そう思うはずだ。

一気に青ざめた千紗はそのまま反射的に半身をひるがえし、七瀬の腕を押しのけた。

「どうした？　どこか痛むのか」

眉をひそめた七瀬が、戸惑いがちに問いかける。

意味もわからないまま急に拒絶されたのだ。気分を害してもおかしくないはずなのに、七瀬は相も変わらず千紗を案じてくれている。

「違うんです、ただどうか面布の下だけはお許しください。もしこの布が外れてしまったら、きっと総督さまをご不快にさせてしまうので……」

頭を伏せたと同時に、忌々しい面布がふわりと揺れた。小さく縮こまりながらガタガタと震える千紗を見て息をのんだ七瀬が、ぐっと眉間にシワを寄せた。

「妖痕か」

「……そう、です」

か細い声で返せば、七瀬の眉間に刻まれたシワがいっそう深くなる。しかしその表情から読み取れるのは不愉快さではなく、千紗の痛みを感じ入っているかのような苦々しさだった。

「気にしなくてもいいと言っただろう？」

「そ、そういうわけにはいきません、私の妖痕はとても醜い……ので」

「醜い？」

七瀬が訝《いぶか》しげに問う。

「はい……面布の下を見た人は皆そう言います。妖魔に襲われたあと、私は記憶を一部失ってしまったのですが、今は亡き父が『醜い』と口にしたことだけは覚えています。この面布も父が用意したものです」

喉から小さな息が漏れ、開いた唇が震えた。こうして誰かに過去の出来事を話すのは初めてだったからだ。

幼少期の記憶がおぼろげな千紗が覚えているのは、たったひとつだけ。

すべてが変わってしまった夏の日のことだ。

妖魔に襲われ、なんとか命からがら逃げきったときの肺の痛み。

妖魔の血が自分の身体に混じっていく、薄ら寒い感覚。

耳元で聞こえる誰かの叫び声と、真っ赤に染まっていく視界。

なにも見えない。なにも感じない。自分が他の生き物になっていくような気がして、怖くて怖くてたまらなかった。

『なんて醜い』

変わり果てた千紗の姿を一瞥《いちべつ》し、そう吐き捨てた父の顔はまるでおぞましいものと対峙しているかのようだった。

妖魔のように赤く染まった左目を隠すため、顔に面布を被せられたあの日、千紗は人間から醜いバケモノになったのだ。

どうして忘れていたのだろう。少し優しく扱われたからといって自分が『バケモノ』と呼ばれる存在であることを失念してしまうなんて、あってはならないのに。

「悪い、それ以上なにも思い出すな。俺の配慮が足りなかった」

ことん、と陶器を文机に置きながら顔をしかめる七瀬。勝手に怯えて拒んでしまったのは千紗の方なのに、どうしてなにもしていない七瀬が謝るのだろうか。

「私の方こそ申し訳ありませんでした、総督さまが気に病まれることではございません」

むしろ悪いのは自分なのだと身を乗り出した千紗を七瀬が止める。千紗の肩を支えるように触れた七瀬の指先が、小さく惑うのがわかった。

「千紗にはこれから不安や恐れとは無縁なところで暮らしてほしい。だから伝えるべきか迷っていたんだが……俺自身のことを話しておく。もし少しでも恐ろしいと思えば俺を拒絶してくれるか」

いったいなんのことだろう。ぽつりと落とされた七瀬の言葉に首をひねると、千紗の肩に重なっていた指先が離れていく。

すると、七瀬がゆっくりと口を開いた。

「この身には妖魔の血が流れている。俺は半妖なんだ」

「半、妖？」

気づけば自然と七瀬の言葉を繰り返していた。しかし頭の中でその意味を嚙み砕くことができない。

うろたえる千紗をよそに、七瀬は自身の袖をたくし上げた。

彫刻のように整った顔がぐっと険しくなる。

やがて聞こえてきたのは、氷が割れるような音だった。目の前で起こった変化に小さな声が漏れる。七瀬が力を込めるたび、その腕がパキパキと黒ずんでいっているのだ。黒々とした指先から露わになった鋭い爪は、いつか見た妖魔と同じものだった。

――身体の一部が妖化した？　そんなまさか……。

聞いた瞬間は漠然とぼやけていた『半妖』という言葉。しかしそれを裏付けるような光景を目の当たりにしたことで、じわじわと実感が湧き上がってくる。

彼の身体には本当に妖魔の血が流れているのだ。

すると七瀬は目を伏せたまま、自身の左胸を指さした。

「ここには妖魔の心臓が入っている。普段は力を抑えているが妖魔の血を継いでいるんだ、二度も妖魔に襲われた千紗にとっては宿敵のようなものだろう」

人間と妖魔の混血なんて、初めて聞いた。どうやって妖魔の邪気を抑えているのだろう。妖魔の心臓が体内にあるというが生活に支障はないのだろうか。いろいろな疑問が頭に浮かぶ。しかしそのすべてがどうでもよくなるくらい、面前の七瀬は辛そうな表情を浮かべていた。

いてもたってもいられなくなり、気づけば手を伸ばしていた。そうして彼の妖化した腕に触れる。人間の肌とは思えない、ひやりと冷たい感触が指に伝わった。

「なっ……」

ひどく驚いた顔をして顔を上げる七瀬。

そのうちに、黒ずんでいた七瀬の腕や爪が元どおりになっていく。

思わずホッと息をついた千紗に対し、七瀬は信じられないとでも言いたげな様子でこちらを見た。

「お前は妖魔にトラウマを植えつけられているだろう。記憶を失ってしまうくらい妖魔に対する拒絶意識があるはずだ。それなのに、怖くないのか?」

「怖くありません。総督さまは……私を襲った妖魔とは違うので」

はっきりと言い切ることができた。

たしかに妖魔は恐ろしい存在だけど、七瀬が半妖だと聞いたところで恐怖心が湧くことはなかったからだ。きっとそれは、千紗がもうすでに七瀬を〝信頼できる人物〟だと認識しているからだろう。

「そう、か」

なにかを噛みしめるように、七瀬がふいっと視線をそらす。

血色を取り戻した横顔にもう苦しみはにじんでいない。それでもかすかな不安がぬぐえず、千紗は口を開いた。

「もう辛くないですか?」

「なんのことだ?」

「さっき腕を見せていただいたとき、総督さまはとても辛そうなお顔をしていました。それがその、とても心配で……」

七瀬はどんな気持ちで『拒絶してほしい』と言ったのだろうか。その痛みを思って胸が締めつけられる。

千紗にとっては、苦しみを抱えているはずの七瀬がこうして平然としていることの方が恐ろしかった。妖化に痛みが伴うのかはわからないが、きっとたやすくできるものではないはずだから。

すると、わずかに目を見開いた七瀬が眉を下げて微笑んだ。

「……変わらないな」

聞き逃してしまいそうなほど小さな声だった。

それでもしっかりと千紗の鼓膜を揺らした甘やかな声色に、とくんと胸が鳴る。

「俺は大丈夫だ。こうしてお前が近くにいてくれるだけで痛みなど消えてしまう。だから、これからはただ俺のそばにいてくれないか？」

「総督さまのおそばに？」

「ああ、それ以上はなにも望まない。俺には千紗が必要なんだ」

あまりに真摯なまなざしを受け、時間が止まったように感じた。

――どうして、そんなに優しい言葉をかけてくれるの？

千紗にはもう帰る家がない。ここを出ていけば、寒空の下で凍え死ぬ未来しか待っていないのだ。それでも先ほどまでは、早くこの一条家から出ていかなければいけないと思っていた。千紗はただそこに存在しているだけで、他者から冷遇され続けてきたのだから。

「泣いているのか」

七瀬が千紗の面布からこぼれ落ちた水滴をすくい取る。困惑が混じったその声に慌てて涙をぬぐった。

「す、すみません……ただそばにいてほしいなんて、生まれて初めて言われたので嬉しくなってしまって……」

ほろほろと涙をこぼす千紗を見て一瞬身を固くした七瀬が、そっと頭を撫《な》でてくれる。戸惑いがちだが幼子をあやすように優しく動く七瀬の手先に、またもや鼻の奥が熱くなった。

七瀬が千紗を必要とする真意はわからない。それでも今は、千紗の心を救ってくれた目の前の彼を信じたかった。

「私も、総督さまのおそばにいたいです」

せめてどうかこの想いが伝わりますように。そう願いを込めて、七瀬を見つめた。

すると不意をつかれたのか、視線の先で七瀬が目を見開く。ステンドグラスから差し込んだ陽光のせいだろうか、七瀬の耳が少し赤くなっているようにも見えた。

「総督さま？」

こちらを見つめたまま動かなくなってしまった七瀬に首をかしげる。

するとふっと息を漏らすようなため息が返ってきた。

「七瀬だ」

「え？」

「総督さまはやめてくれ。七瀬と、名前で呼んでほしい。駄目か？」

ゆるりと微笑まれ、頬が熱くなるのを感じた。

思わず目をそらすが、七瀬はこちらをじっと見つめたままだ。どうやら、この場で名前を呼ぶまで許してくれないらしい。

「……な、七瀬さま」

「さま、はいらない。七瀬でいい」

「七瀬、さん？」

たどたどしく名前を呼べば、七瀬は満足げに頬をゆるめた。

「まあいい、今はそれで納得しよう」

朝焼け色の瞳が、とろけるように揺れる。

「千紗」

「はい」

「もう傷つくことに慣れなくていい。痛みに耐えなくてもいい。これ以上恐ろしい思いをしないよう、俺が命を賭してお前を護る」

七瀬は千紗の髪をひと房すくうと、誓いを捧《ささ》げるように口づけをした。

「俺の花嫁、これから一緒に生きていこう」

――一緒に、生きて……。

またもやほろりと涙がこぼれた。

こちらの気持ちを推しはかってくれているのだとよくわかる声色に、心がほぐれていく。

なぜ、この人はこんなにも温かいのだろうか。

この眩《まぶ》しいほどの優しさに、自分はなにを返せるだろうか。

「ふつつか者ではございますが、どうか、どうか……よろしくお願いいたします」

なんとか絞り出したか細い声だったが七瀬にはしっかりと届いたようで、どこかホッとした表情で頬をゆるめた彼を前に心臓が高鳴る。

なんだかこそばゆくて、手足の先がしびれるように熱くて、千紗はしばらくその眩しさから目をそらせなかった。

◇

その日の夜更け。

夜回りの任をいったん終えた七瀬は、そのままどこにも寄らずに屋敷へと戻った。

時刻は午前二時を少し超えたくらいだろうか、しんしんと降り続いていた雪はやみ、辺りは深い闇に包まれている。

白く濁った息が細かく吐き出されるのを見て、七瀬は初めて自分が急いでいるということを自覚した。

一条家の裏門を開け、長い回廊を進む。

やがて七瀬はひとつの座敷の前で足を止めた。そのまま軽く息をつき、静まり返った廊下でしばし、奥にいる彼女を想う。

そっと襖を開けると、中心に敷いた布団で眠る千紗の姿が見えた。ぼんやりと差し込んだ月明かりが、千紗を照らし出す。

透きとおるような黒髪と、白い肌。その寝姿はあどけなくもあり、滴るような色香をはらんでもいた。

顔を隠す面布のせいか、一瞬嫌な想像が頭によぎる。しかし規則的に上下する布団のふくらみがその想像をかき消してくれた。

「……千紗」

気づけば無意識にその名前を呼んでいた。

すう、すうと寝息を立てて眠る彼女の頬に張りついた髪を軽く梳《す》いてやる。

すると一瞬だけ触れた指先に反応したのか、彼女の寝顔が険しくなるのがわかった。

「お、ゆるし、ください……」

眠ったまま、か細く消え入りそうな声でそう言って、静かに涙を流す千紗。

まるでなにかを拒むように宙をさまよった彼女の腕を掴み、その折れそうな細さに顔をしかめた。よく見ると、面布から覗いた顎先にも古い涙のあとが残っている。

きっと七瀬が来る前も何度かこうして涙を流していたのだろう。

夢の中に入ってもなお、なにを謝ることがあるというのだ。いったい、こうなるまでどんな日々を送っていた。

腹の底からふつふつと湧き上がる行き場のない怒りが、七瀬の胸を占めていく。

「千紗」

「嫌……い、や……」

「もう大丈夫だ、大丈夫だから……安心して眠れ」

なだめるようにそう言い聞かせながら涙をぬぐってやり、布団をとんとんと一定の拍子で叩く。そうしているうちに荒くなっていた息が穏やかになっていき、険しかった表情も凪《な》いでいくのがわかった。

繰り返しうわごとのように謝り続ける理由は、何度謝っても許してもらえなかった過去があるからだ。無意識のうちに許しを乞うてしまうほどの環境にいたのだろう。

妖魔出現の知らせを受けた東都隊が現場に到着したとき、七瀬は有馬家から慌てて立ち去る什造たちの姿を目にしていた。そのため、有馬家の中は当然、無人であると勝手に思い込んでいたのだ。

しかし、いざ有馬家の敷地内に立ち入ると、震えながら裏戸の鍵を閉める千紗がいた。

自分を置いて逃げていった夫妻と令嬢を護るためにそうしたのだと気づいたのは、少し時間が経ったあとだった。

襲いかかる妖魔を前になすすべもないまま身をすくめていた千紗を思い出し、七瀬はきつく目を閉じる。

いったいどんな思いで、彼女は戸を閉めたのだろうか。

まったくもって不可解だ。自分を捨てた家族など放っておいて、さっさと逃げればよかったものを。

――そういえば……俺が半妖であると伝えたときも、ただ静かに受け入れていたな。

七瀬が妖魔と人間の混血であると告げた瞬間、千紗は一瞬だけ意表を突かれていたように思う。

しかしすぐに受け入れ、怯えるどころか七瀬の心配までし始めたときはさすがに驚いた。あれは千紗が自衛のために身につけた献身なのだろうか。

――いや、それにしては憐《あわ》れみや恐れの感情が見えなかった。

小さく震える手で七瀬に触れ、まるで同じ痛みを共有するかのように声を揺らしていた千紗。あの声色を聞いていると、無性に感情が揺さぶられた。

千紗の寝息が完全に安らいだのを確かめた七瀬は、彼女の布団をかけ直してから立ち上がる。

そのとき、後ろから近づいてくる足音が聞こえた。

「……そこにいるのは、一条総督ですか？」

「林田中佐か。まだ残っていたんだな」

七瀬が戻ってくるとは想定していなかったのだろう。目が合うまでの一瞬だけ臨戦態勢をとった南雲を見て、今さらながらに彼が中佐と呼ばれる軍位であったことを思い出す。

「私は総督から命じられた屋敷の見回りを全うしていたのみです。心配なさらずとも、あれから千紗さんには接触していませんよ」

千紗が寝ている『椿《つばき》の間《ま》』から一定の距離を保って立つ南雲。彼が「接触していない」と言うのなら、本当にそうなのだろう。

生真面目で頭が固く、上官の命令には決して逆らわない。七瀬が知っている林田南雲とはそういう男だ。

だが、今朝の南雲は独断で座敷の襖を開き、千紗と顔を合わせていた。考えようによっては七瀬の命令に背く行動である。

「今朝はどうしてあんなことをした。お前らしくもない」

「側近として、彼女がどういう人間なのか知っておく必要があったからです」

顔色を変えずに答えた南雲が、なにかを思案するように一瞬だけ目を伏せた。そして再び薄い唇を開く。

「総督は本当に彼女を花嫁に迎えるおつもりなのですか？」

七瀬の真意を探るようにこちらを見た南雲。

その声色には『納得できない』という思いがこれでもかと表れている。

そんな南雲の問いかけに、七瀬はしっかりとうなずいた。

「そのつもりだ。だから彼女を誰よりも丁重に扱え。俺が不在の間、彼女を害する者がいれば容赦なく斬り捨てろ。たとえそれが誰であってもだ」

腰に差した刀をさすり、唖然《あぜん》とした南雲を見据える。

軍人にとって、軍刀は単なる武器ではない。刀の鞘《さや》に刻まれた紋章は、お上に対する忠誠心の象徴でもある。

長年、七瀬の元で力を振るってきた南雲は、すぐに上官が下した命令の真意を読み取ったのだろう。ハッと息をのむ音が聞こえたのち、低い声が響く。

「なぜ、そんなことを……。総督がそこまでする理由、彼女はなにも知らないんですよね」

苦しげに眉を寄せた南雲の視線が、座敷の中で眠る千紗に向けられた。

そうだ、彼女はなにも知らない。七瀬が持つ過去も、千紗を己が妻にと望む真の理由も。

だが今は、なにも考えずに心を癒してほしい。そして願わくは、この一条家が千紗にとって居心地のいい場所になるよう力を尽くしたい。

穏やかな表情で眠りにつく千紗を横目に、七瀬はそっと襖を閉じる。

帝國を護る刀と称された男には、ある秘密があった。そして確信してもいた。

もし、この胸に秘めた思いを散らす者がいるならば、自分は迷わず刀を振るうのだろう。それがたとえ、忠誠を誓った主君相手であったとしても。

（三）　胡蝶の旅立ち

冬晴れの朝。長く降り続いた雪がやみ、東都の空には澄んだ空気が満ちていた。

遠くから、チュンチュンと小鳥のさえずりが聞こえてくる。

せっけんの爽やかな香りを胸いっぱいに吸い込みながら、千紗は洗いたての着物を物干し竿《ざお》にかけた。

「やっと外に干せるようになってよかったわ。やっぱり、お天気がいいと気持ちがいいわね」

一緒に洗濯物を干しているのは、一条家で一番の古株女中だというミチさんだ。

「千紗さん、手伝ってくれてありがとうね」

「いえ、お手伝いできることがあってよかったです」

「手際がいいから、本当に助かるわぁ」

そう言ってニコニコと微笑んでくれるミチさんに、千紗も笑みをこぼした。

ミチさんは白髪の上にちょこんとのったお団子頭が特徴的で、背丈は千紗の半分ほどしかない。きびきびとよく動き、よく働くミチさんに、千紗は陰ながら尊敬のまなざしを注いでいた。

——この一条家で生活するようになって三日、なにもしないでいることに落ち着かなくてついお手伝いを申し出たけれど……受け入れてもらってよかった。

有馬家にいたときはずっと働き詰めだったからか、動いていないと逆にそわそわしてしまうようになった千紗。

そこで初日になにかできることはないかと七瀬に相談したものの、戸惑いがちに『気を使わなくていい』と返されてしまったのだ。

その状態で一日経ち、二日経ち……三日経った今日。

ついに耐えきれなくなった千紗は、こうして自ら手伝いを申し出たのだった。

「ふふ、旦那さまが言ったとおりだったわ」

「え？」

「あら、なにも聞いてない？」

ミチさんが、どこか嬉しそうに続ける。

「旦那さまね、私に言ったのよ。『今は心身をしっかり休ませたいけれど、じきに自分から家事を手伝わせてほしいと言ってくるはずだから、そのときは応じてやってくれ。その方が千紗のためになる』って」

愛されてるわねぇ、と頬に手を当てながら満面の笑みを浮かべるミチさん。

「七瀬さんが？」

トクンと胸が鳴る。

愛されているとか、そういうことではないというのはわかっていた。

それでもここ数日、七瀬はとにかく千紗を気にかけてくれていた。

よく見て、よく気がつき、千紗の気持ちを同じ目線に立って考えてくれる。千紗にとって、それはとても心地がいいことだった。

——私、こんなに穏やかに過ごしていていいのかしら。

朝昼晩と美味しいご飯を食べ、夜は温かいお風呂に入ってぐっすりと眠りにつく。ここには、千紗を『バケモノ』と呼んで蔑む人はいない。変わった面布を不審に思い、嫌悪感を向けてくる人もいない。

今までの千紗にとっては考えられないほど穏やかで幸せな時間が流れていた。

——それもこれも、すべて七瀬さんのおかげだわ。

こんな日々がいつまで続くのかはわからない。それでも千紗は、自分をいろいろな意味で救ってくれた七瀬のためにできることがあるなら、なんでもしたいと思うまでになっていた。

「よしっ、終わったわね。千紗さんのおかげでいつもより早く終わっちゃった」

満足そうに手を叩くミチさん。陽光のような笑顔に目を細めながら、千紗はずっと気になっていたことを口にした。

「あの、そういえば……先日貸していただいた着物は、どなたにお返しすればいいでしょうか？」

おずおずと尋ねた千紗に、ミチさんは目を丸くする。

「あら、それって白地の着物のこと？　あれじゃお気に召さなかったかしら」

「と、とんでもございませんっ！」

慌てて否定しながら、自身の着物に手を当てた。

「私にはもったいないほど素敵な着物でした。小紋のほつれを繕い終えましたので、お返ししなければと思ったんです」

千紗が今、身に着けているのは、有馬家でずっと着ていた小紋だ。昨日ようやく繕い終わり、借りていた着物から着替えたものである。

「まあ……千紗さんが自分で繕ったの？　じゃあ少し前に『針と糸を貸してほしい』と頼んできたのは、このためだったのね」

「はい、遅くなってしまい申し訳ありません」

本当はその日のうちに返したかったのだが、なかなか作業が進まず数日かかってしまったのだ。

しゅんとうつむいた千紗を前に、なんとも形容しがたい顔で「どうしましょうかねぇ」と呟いたミチさん。

「そうね……どうしてもと言うのなら『桜の間』へ行ってみたらどうかしら」

「桜の間ですか？」

「ええ。旦那さまがいらっしゃるはずだから」

ミチさんは優しく微笑んでうなずいた。

桜の間は、千紗が寝起きしている椿の間からほど近い座敷だ。

ミチさんにお礼を言った千紗は、さっそく件《くだん》の着物を持って桜の間へ向かった。

——そういえば、今日は七瀬さんに来客があると聞いた気がするけれど。

いつもなら軍務に出立しているはずの七瀬が屋敷にいるということは、まだ来客の対応をしているのかもしれない。

パタパタと早足で屋敷内を移動し、桜の間へたどり着いた千紗はそっと中を覗いてみることにした。もし取り込み中なら、そのまま引き返そうと思ったからだ。

すると覗き込んだ座敷の中に、反物や着物が山のように置かれているのが見えた。

——ど、どうしてあんなにたくさん、女性ものの反物が……？

とっさに閉めてしまったが、ここはやはり中に入らず一度戻った方がいいかもしれない。くるりと踵《きびす》を返した千紗が元来た道を戻ろうとしたそのとき、閉じたはずの襖がスッと開いた。

「千紗？」

「きゃっ！」

中に立っていた七瀬は、高い声をあげた千紗を見てふっと表情を和らげた。

そして不思議そうに首をかしげる。

「どうして一回閉めたんだ？」

「す、すみません……入っていいのか迷ってしまって」

「問題ない、ちょうど千紗を呼びに行こうとしていたところだったんだ」

戸惑いながらも七瀬に促されるまま座敷の中に入ると、先ほどちらりと垣間見た光景が再び千紗を出迎えた。

ここには反物から仕立て上がりの着物まで、いろんなものがそろっているようだ。女学生の中で流行しているという丈の短いワンピースまであり、座敷全体が小さな百貨店のようになっていた。

呆気《あっけ》にとられた千紗を前に、七瀬が口を開く。

「この品物はすべて西都から取り寄せたものだ」

「西都……商人の街と言われている、あの西都からですか？」

「ああ、そうだ」

千紗が目を瞬くと、七瀬はついさっきまで問屋がここにいたのだと教えてくれた。

異国情緒あふれる地下街があり、百貨店が多く立ち並ぶことで『商売の聖地』と称される西都。たしか美華がひいきにしていた呉服屋も、西都に本店を構えていたような気がする。七瀬を訪ねた来客とは、これらの着物を運んできた問屋のことだったのだ。

──ハイカラで素敵な品物ばかり。こんなにきらびやかな着物、有馬のお屋敷でも見たことがないわ。うっかり触れてしまわないように気をつけないと。

おずおずと視線を移動させる中、ふと一着の着物が目に入る。

淡い色に映える金糸の刺繍《ししゅう》。ところどころに描かれているのは椿の花だろうか。大輪の椿に一匹、蝶が舞っている。金糸のあしらいが鱗粉のようにも見え、描かれたその蝶が今にも飛び立っていきそうだ。

上品ながらも大胆な装飾に、思わず目が奪われてしまう。

すると、見つめていたその着物を七瀬がスッと手に取った。そしてそのままふわりと千紗の肩に羽織らせる。

「うん、こうして当ててみても白い肌によく映えるな」

柔らかく口角を上げ、真剣なまなざしで着物と千紗を見比べる七瀬。

千紗は着せ替え人形のように固まったまま、ぱちぱちと瞬きをするしかない。

どうしよう。決して触れてはいけないと意気込んだばかりなのに、触れるどころか着物を羽織らされてしまった。

「な、七瀬さん、私はこの間お借りした着物を返しに来たつもりで……っ」

ぷるぷると震えながら白地の着物を差し出す。

その様子を見た七瀬は一瞬目を見開くと、小さく息をついた。

「なるほど、着替えていたのはそのためか。別に返さなくてもいいが、まあそれは急仕立てで用意した着物だからな。これからはこの座敷にあるものを自由に着ればいい」

桜の間を見回した七瀬に、首をかしげる。

「えっと、私が着るのですか？」

「？　他に誰が着るんだ」

「いえ、そもそものお話になるのですが……私が着てもいいのでしょうか」

「どういう意味だ？」

煮えきらない会話に眉をひそめる七瀬。

そんな七瀬に、きゅっと唇を噛みしめながら口を開く。

「どれも高価なものでしょうし、もしどなたかのために仕立てるものでしたら、私が着るわけにはいかないと思ったのです」

有馬家では、週に一度のペースで美華の服をあつらえていた。そこで、美華と背格好のよく似た千紗が採寸の代わりを務めることがあったのだ。しかし寸法を測るために立っていることだけを強いられ、着ることは決して許されなかった。

美華いわく『一度でも身分にそぐわないものを着れば、自分が人から蔑まれるような存在であると忘れてしまう』という理屈らしい。

今回は元々着ていた小紋が破れていたため、否応なく借り物に袖を通した。それでも千紗は、身の丈に合わないその着物を早く返さなければいけないと思い込んでいたのだった。

千紗が先ほどから着物に触れようとしない理由を悟ったのか、七瀬が息をのむ。

七瀬はそのまま、うつむいていた千紗の顎をそっと上向かせた。

「なるほど、すまない。肝心の千紗を置き去りにしてしまっていたみたいだな」

「置き去り、ですか？」

「まず、ここにある着物はすべてお前のものだ。だから、着たらいけないなんてことは断じてない」

千紗に目線を合わせ、優しくそう言った七瀬。

「……私のもの？」

目からうろこが落ちたように、きょとんとしながら呟く。

ここにあるすべてが、自分のために用意されたものだなんて信じられなかった。

「先日、有馬家に当主たちが戻ったらしい。だから、落ち着いたら結婚の挨拶へ行こうと思っていたんだ。そのときに着る着物が必要だろう」

七瀬が、ずらりと並んだ着物類を指して言う。

——まさか、七瀬さんがそんなことを考えていたなんて。

たしかに先日の問答は〝花嫁〟として七瀬のそばに身を置くことを約束するもの

だったのかもしれない。それでも、今までの自分とはあまりに縁遠いところにある『結婚』という言葉に現実味を感じられなかった。

「まあ……挨拶用というのはただの建前で、本当は俺が千紗に贈りたかっただけなんだが。お前のことを思い浮かべながら選んでいると、どれもこれも贈りたくなってきて大変だった」

七瀬は、座敷中に広げられた着物を横目に「これでも控えた方なんだけどな」と苦笑した。

「七瀬さんが選んでくれたんですか？」

思わずそう尋ねた千紗だったが、彼が自分のために着物を選んでいるところはどうしても想像できなかった。

するとこちらに近づき、羽織の襟元を正してくれる七瀬。

「ああ、自分の見立てを褒めたい気分だ。千紗にとてもよく似合ってる」

耳孔を撫でるような優しい声だった。

自分なんかに似合うわけない。身分にそぐわないものを着たらいけないのに。

千紗の脳裏で呪いのようにはびこっていた言葉たちがほどけて消えていく。

「こんなに素敵なものをいただいてしまっていいのでしょうか」

「むしろ受け取ってくれなかったら困る」

ふっと笑みをこぼしながらそう言った七瀬の瞳が愛おしげに細まる。

面布ごしに視線が混じり合ったような気がして、頬が熱くなった。

七瀬は本当に不思議な人だ。彼が紡ぐ言葉を聞いていると、胸がきゅっと痛くなったり、甘くとろけるように高鳴ったりする。

初めての感情に戸惑いながら、千紗は強く唇を結んだ。

すると、七瀬から柔らかく髪を撫でられる。

「千紗は俺から大切にされることに慣れてくれ。俺はきっとこれからも無自覚のうちにお前を甘やかしてしまうだろうから」

「……っ、ありがとうございます」

胸の奥底から、知らなかった感情が湧いてくる。そして目尻に涙が浮かんだ。喜びを享受しなれていない千紗の涙腺は、ここのところゆるみっぱなしだ。

「大切に大切に、着ますね。本当にありがとうございます」

「何度も言わなくてもちゃんと伝わっている」

愛おしそうに目を細めた七瀬が、すり、と親指で千紗の手を撫でる。

どこかくすぐったくて、身にあまるほどの喜びを感じるのは、七瀬から〝甘やかされている〟からなのだろうか。

しばらくして千紗から手を離した七瀬は、その場にあったふたり掛けの洋椅子に腰を下ろした。そして立ったままの千紗に向かって、とんとん、と優しく隣を叩く。

横に座れということだろう。

素直に従った千紗の腕を自身の膝にのせ、こちらを見上げる七瀬。

「腕を見ても？」

「は、はい、もちろん構いません……っ」

七瀬に着物の袖をめくられ、自然と身体に力が入る。

傷痕に薬を塗ってもらったあの日から、七瀬は時折こうして傷の治りを確かめるようになった。

何度か繰り返されている行為だとはいえ、隠れていた肌が外気にさらされるこの瞬間だけは緊張してしまう。

「よかった。痕は残らなそうだな」

丹念に千紗の腕を確認した七瀬は、懐から塗り薬の陶器を取り出した。そしていつものごとく、傷痕に軟膏を塗り込んでいく。

「あ、あの……七瀬さん」

「どうした」

「その、お手間ではないですか？　やっぱり私が自分で塗った方がいいのでは……」

おずおずと見上げた千紗に、七瀬は嘆息を漏らした。

「俺がやりたくてやっているんだ。それに新しい傷がないかどうかも確かめられるだろう」

遠慮した千紗が自分でやると伝えても、毎度こうして拒まれてしまうのだ。

――こんなに大切にしていただいているのだから、新しい傷なんてできるはずないのに。

真綿で包み込むように触れる七瀬の指先。優しい声色。温かなまなざし。

そのどれもが飽和してしまいそうなほどの慈しみに満ちており、千紗はまた涙が出そうになった。

幸せすぎて少し怖いくらいだ。たとえこの日々が束の間だったとしても、こうして過ごした記憶がこれからの千紗をきっと守ってくれるだろう。そう思ってしまうほどに。


二日後。

しとしとと降り始めた雨が、身体にほんのりと湿気をはらませていく。

今日は、七瀬と一緒に有馬家へ行く日だ。

「千紗、手を」

「ありがとうございます」

七瀬にエスコートされながら、おずおずと馬車を降りる。

慣れない車内にしばらくいたからか、少し視界がくらくらするのがわかった。

和傘からすうと入り込んだ風に、羽織をかけ直す。

すると、傘を持ってくれていた七瀬が千紗をそっと自分の方へ引き寄せた。

「寒いか？」

「い、いえ、大丈夫です……！」

「せっかく新しい着物をおろしたのに、あいにくの空模様になってしまったな」

七瀬の視線に気づいた千紗は、問題ないという意味を込めて笑みを浮かべた。

この日のために、千紗はあの胡蝶《こちょう》の着物をおろしていた。実際に着てみると想像していた以上に着心地がよく、冬の雨模様の中にいても、正絹のなめらかな質感がぬくもりを誘う。

「たしかにお天気には恵まれませんでしたが、これを着てきて正解でした。とても温かいですし、身にまとっているだけで胸の奥がじんわりと嬉しい感じがして」

「じんわりと嬉しい？　それはどういう感情だ」

眉をひそめてこちらを見た七瀬。

千紗はうつむいたまま小さく微笑み、言葉を落とした。

「こうして七瀬さんからいただいた着物に身を包んでいると、幸せや喜びを感じた瞬間をひとつひとつ思い出せるような気がするんです」

「ほう」

ピンときていない様子の七瀬に、顔を向けたまま続ける。

「傷痕に薬を塗っていただいたときのこととか、着物をこう、肩にかけていただいたこととか。そのときの七瀬さんの表情まで鮮明に浮かんできて……今日も一日頑張ろうって、そう思えるんです」

「……なるほど」

「なので、風が吹いても寒くないのは七瀬さんのおかげです」

目いっぱいの喜びを噛みしめるように、小さくはにかむ。

自分の中にある感情をいろんな意味でまっすぐ伝えきった千紗は、七瀬が途中から口元を押さえていたことに気づかなかった。

「お前はどうしてそんなに愛らしいんだ」

和傘に当たって弾けた雨音が、低く響いた七瀬の声を聞こえづらくさせる。

それでも、七瀬の耳がほんのりと赤く染まっていることだけはわかった。

「千紗がその着物を身にまとったときにそう感じるというのなら、俺はこうして千紗を見ているだけでじんわりと嬉しくなる」

そう言った七瀬が、空いた片方の手で千紗の手を握りしめた。指を絡ませ、握った手をくるりと反転して持ち上げたかと思えば、そのままそっと慈しむように口づける。

「なっ……!?」

千紗の動揺を知ってか知らずか、七瀬は千紗の手に口づけたまま、視線をこちらに向けた。

「千紗の言う『じんわりと嬉しい』は、相手を想って愛おしくなる、と同義だろう?」

「そ、それは……」

「違うのか。俺はそう捉えて勝手に嬉しくなってしまったが」

七瀬の口元が弧を描く。からかわれているにしては甘すぎるその視線に、千紗はしどろもどろになってしまう。

自分がどれだけ恥ずかしいことを口にしていたのか、ここでようやく自覚した千紗だったが、時すでに遅しとはこのことである。

「で、出すぎたことを申しました……わ、忘れてください」

蚊が鳴くような声でそう言って、うつむいた。

面布があってよかったと感じる日が来るなんて思わなかった。きっと今、千紗の顔はゆでだこのように赤くなっているのだろうから。

くつくつと笑う七瀬に手を引かれ、雨に濡《ぬ》れた道を歩く。

するとしばらくして、見なれた門が目に入ってきた。

千紗が十年の時を過ごした有馬家だ。ここを出てから一週間も経っていないのに、もうかなりの月日が経ったような気がするのはなぜだろう。

――やっぱり、こうして門を前にすると自然と足がすくんでしまう。

有馬家の人たちは、千紗になんと声をかけるだろうか。勝手に家を出ていったことへの怒りか、はたまたしぶとく生き残ったことへの嫌味か。

千紗を蔑みながら『バケモノ』と呼んだあの人たちの顔を思い浮かべると、一瞬にして心があの寒空の下へ戻ってしまいそうになった。

「胡蝶が描かれている着物には、立身出世という意味が込められているそうだ」

千紗の不安を感じ取ったのか、七瀬が胡蝶の着物に視線を移す。

「立身出世、ですか？」

「世に認められ、身を立てるという意味だ。卵からさなぎとなり、やがて美しい姿になって飛び立つ蝶からなぞらえたのだろう」

門の下で、傘に溜まった水滴を払いながら七瀬が続けた。

「美しい意味があるのですね」

着物に描かれた大輪の椿の中にいる一匹の蝶を見て、それが天高く飛び立っていく様を想像した。

窮屈なさなぎを抜け出し、なんのしがらみもない大空へ羽を震わせるのは、どんなに気持ちがいいことだろう。

「千紗もこの蝶と同じだな。お前は前から綺麗だったが、今は華やかな美しさになった」

「そ、そんな、美しいだなんて」

「本当のことだ。だからそんなに心配するな。俺がそばにいる」

「……はい、ありがとうございます」

雨粒がついた髪を優しく梳かれ、思わず身をすくめる。

——ミチさんに着物を着付けてもらって髪も梳かしてもらったから、多少はマシな見た目になっているはず、だけれど。

褒められなれていない千紗は、視線を惑わせながら顔を赤くすることしかできなかった。

「あらあら、これはこれは一条さま！」

聞き覚えのある声に顔を上げると、門の内側に立っている人物が見えた。

有馬家の女中頭だ。ついこの間まで、千紗の上で指揮をしていた女である。

「お足元が滑りやすい中、わざわざご足労いただきありがとうございます。旦那さま方も今回のご訪問を大層お喜びですわ」

「当主がいる座敷へ案内を頼めるか」

「もちろんでございます」

不自然なくらい愛想よく七瀬を誘導した女中頭が、千紗の方を振り向く。そして、にやりと口角を上げてささやいた。

「最初見たときは誰かと思ったよ。すっかりいいとこのご令嬢みたいじゃないか。まあそうね、家族になるんだものね」

「はあ……」

どういう意味かはわからないが、やけに含みのある言い方だ。それに、なんだか女中頭の機嫌がよすぎる気がする。

「それにしてもあんた、よくやったね」

「え？」

「美華さまが、あんたに褒美をやるって大喜びだったよ」

下世話なにやけ顔を保ったまま、小さく耳打ちをした女中頭に首をかしげた。

――あのお方が、私に褒美を？

なにがどうしてそんな状況になっているのだろう。

まさか美華が千紗の結婚話を祝福してくれているとでも言うのだろうか。

美華の人間性を考えればありえないが、女中頭の反応を見る限り、この訪問を歓迎してくれていることだけは確かだ。

「千紗、行こう」

なにか薄ら寒いものを感じながらも、こちらへ振り返った七瀬の手を取る。

久しぶりに足を踏み入れた有馬家の内部は、以前となにも変わっていなかった。

玄関から渡り廊下を進んで、座敷棟へ入る。美華たちが待っているであろう応接間へ近づくたび、気が重くなっていくのがわかった。

するとそんな千紗の様子に気づいたのか、七瀬が心配そうにこちらを見やる。

「大丈夫か？」

「は、はい……っ」

「無理はするなよ。気分が悪くなったらすぐに言ってくれ」

「ありがとうございます」

七瀬にぎこちない返事をし、千紗は心の中で今一度、気合いを入れ直した。

そうして応接間の襖を開ければ、いつか見たときと同じような並びで座っている什造たちの姿があった。

「ご無沙汰しております。このたびは――」

「これはこれは一条さま！　お待ちしておりました！」

「まあまあ、お話に聞いてはいたけれど、なんて美しいお方なのかしら！　ささ、こちらへお座りくださいまし」

千紗の挨拶を見事に遮り、甲高い声をあげた什造と弥栄子。

弥栄子たちは千紗に目もくれないまま、七瀬を座敷へ招き入れた。

こちらの顔すら見ないその態度に少し違和感を覚えながらも、続いて中に入る。

そこで奥に座っていた美華が目に入り、思わずぎょっとした。

――す、すごく派手な振袖をお召しになっているわ……。

美華は、鶴が描かれた大振袖を身にまとっていた。その振袖は格式が高いというレベルをとうに超えて、場にそぐわない花嫁衣裳《いしょう》のようにも見受けられる。

そしてどこか高揚した表情を浮かべる美華もまた、千紗のことなど目に見えていない様子だった。

「一条家当主の一条七瀬だ。今日は結婚の約束を取りつけに来た」

千紗を無視した弥栄子たちに一瞬怪訝《けげん》な顔をした七瀬だったが、すぐに持ち直して口上を述べる。

結婚、という言葉を聞いた什造は、手を擦り合わせながら「ええ、ええ」とうなずいた。

「殿上人である一条さまからこのようなお話をいただけるなんて、我が有馬家きっての誉れにございます！　なにを隠そう、一条さまはこの屋敷を護ってくれた恩人でもあるわけですからな」

「主人の言うとおりですわ。一条さまが駆けつけてくださらなかったら、私たちは大切な屋敷を失ってましたもの」

千紗を置き去りにした事実には触れず、七瀬をもてはやした什造と弥栄子。

「ほらほら、美華ちゃんからもご挨拶なさいなっ」

「はい、お母さま」

弥栄子にうながされて前へ出た美華が、しとやかにお辞儀をした。

「一条さま……いえ、七瀬さま。このたびは結婚のお申し込みをありがとうございます。とっても嬉しく思いますわ」

――今、なんと？

お得意の猫撫で声を出しながら七瀬を見上げた美華に、千紗は息をのむ。

「美華ちゃんは、社交場でも華のような令嬢だと評判ですのよ。女学校で習っている華道では職位をいただいたくらいの器量も持ち合わせているんです。自慢の娘ですが、まさかこんな素敵な方から求婚があるなんて……手塩にかけて育てたかいがありますわ」

ふふふ、と口元を抑えた弥栄子。

その言葉を聞いた千紗はやっと、積み重なった違和感の正体に気がついた。

この人たちは、今回の訪問を〝美華に来た結婚話〟だと思っているのだ。

白々しいほど上機嫌だった女中頭も、先ほどから千紗の顔を見ようともしない弥栄子たちも、最初から千紗のことなんか意に介してもいなかったのだろう。

そう考えれば、この空気のような扱いにも納得がいく。

――なんて、情けない。

膝の上で、ぎゅっと拳を握りしめた。

妖魔がうろつく中、ひとりぼっちで置き去りにされたことを謝ってほしかったわけじゃない。結婚の話を祝福してもらえるとも思っていなかった。それでも、怒りをぶつけられるどころか声すらかけられないなんて。

今日のためにいろいろな準備をしてもらったのに、これでは七瀬に顔向けできない。

自分がどんなふうに扱われていたのかを、まざまざと思い知らされたようで情けなく、今すぐどこかへ消えてしまいたかった。

「……厚顔無恥とはこのことだな」

七瀬が低い声で呟く。

その声が聞こえなかったのか、美華はわざとらしくこてんと首をかしげた。

「なにかおっしゃいましたか？」

「いや、有馬家の者たちは恥というものを知らないのかと」

「……はい？」

ひくりと、美華の口角が引きつるのがわかった。

七瀬の顔から温度が消え、切れ長の目がスッと据わる。そしてうつむいた千紗の手を優しく握り、美華たちを見据えた。

「なにを勘違いしているのか知らないが、俺が結婚を申し込んだのはここにいる千紗だ。断じて、そちらに座ってる有馬の令嬢ではない」

「は、あ？」

空気が漏れたような声が、美華たちからこぼれた。

そこで初めて、有馬家の三人が千紗に視線を移す。

絹のごとく艶やかになった黒髪に、流行りの可愛らしい髪飾り。身にまとう着物は派手ではないものの品があり、美華の振袖より数段上質なものだ。

いないものとして扱っていた千紗の変わりようを見た弥栄子たちは、そこでやっと自分たちの間違いに気づいたのだろう。

弥栄子と什造の顔がみるみるうちに青ざめていく。

美華は状況が読み込めていないのか、ぽかんと目を見開いたまま固まっていた。

しばらく沈黙が続いたあと、だらだらと汗を流した什造が口を開く。

「こ、これはまた、うちの女中を見間違えるほどの姿に仕立てていただいたようで驚きました。さすが一条さま、懐が深くていらっしゃいます。ですが、一条さまがこれに求婚とはさすがに冗談でございましょう？」

「冗談ではないが？」

「なっ」

再び、什造が硬直する。そして、ありえないと言いたげな表情で半身を上げた。

「なぜ、あなたのような貴人がこれに求婚を……!? これは、下賤の女ですぞ！」

「そ、そうですわ、その娘はたしかに戸籍上は有馬の養子ではありますが、なんのとりえもない愚鈍です！ お考え直しになった方がいいのではないかしら」

弥栄子も什造に加勢し、顔を引きつらせながら千紗をけなす。

すると、あからさまに七瀬の表情が変わった。

「我が妻となる千紗を愚弄するのはやめてくれるか」

「ひっ……」

静かに睨《ね》めつけられた弥栄子たちが、小さく悲鳴をあげる。

「その言葉、一条への冒涜《ぼうとく》と捉えるが」

ひやりと凍りついた七瀬の声。

すると呆けているだけだった美華が、そこでハッとしたように顔色を変えた。

「な、七瀬さまは、この女の素顔を知っているのですか!?」

素顔、という言葉に千紗は肩を震わせた。

瞳孔を開いた美華が、七瀬の返事を待たないまま続ける。

「きっとその面布の下にある醜い顔をご覧になってないのでしょう？　もし見ていたら、求婚なんてできるはずがありませんもの。そうだわ、なんならここで面布を外させてみてはどうです？」

——もう、やめて。

心の中で呟く。

千紗が唇を噛みしめたそのとき、七瀬の指先に力がこもった。

重なった手から七瀬の柔らかな体温を感じ、千紗は息を吐き出した。知らず知らずのうちに、呼吸を止めてしまっていたようだ。

「俺の花嫁を愚弄するなと、何度言えばわかる」

「……へ？」

七瀬の声が低くなり、雰囲気が殺伐としたものになる。

その冷たい視線が自分に向けられたものだと気づいた美華は、表情を凍らせた。

「そろいもそろって、つらつらとくだらない悪口雑言《あっこうぞうごん》を並べ立てるのが上手だな。これは、そうしないと彼女より優位に立てないという表れか？」

「そ、そんな、私はそんなつもりじゃ……!!」

「俺は千紗のすべてを愛している」

「……え」

今度は、千紗が呆けた声を出す番だった。

「千紗は俺の唯一だ。なにを言われようとそれは変わらない」

したたかに響いた七瀬の声には、本当の感情がにじんでいるように聞こえた。

ふと、千紗の方を振り返った七瀬と目が合う。面布があるせいで向こうから千紗の表情は見えていないはずだ。それでも涙を浮かべながら見つめると、彼は優しく微笑んだまま腰を上げた。

「七瀬さん……？」

「大丈夫だ。もう行こう、話は済んだ」

差し出された手を掴んで、千紗も七瀬に続いて立ち上がった。

するとそのまま手を引かれ、そっと肩を抱かれる。

──温かい。

柔らかな温度に包まれたことで安堵感が広がり、千紗は無意識のうちに七瀬にすり寄った。あんなにささくれ立っていた心が、自然と凪いでいく。

「お、お待ちください！」

焦ったように身を乗り出した美華が声を張り上げる。

「まだなにか？」

「そ、その女が七瀬さまの花嫁だなんて納得がいきませんわ！　まともな教養すら身についていない卑しい女に一条家の妻が務まるわけないないもの！」

なんとかして引き留めねばと思ったのだろう。立ち上がり、こちらへ歩み寄りながら般若のようにまくし立てる美華。あれほど重んじていた『可憐な令嬢』の仮面はとうに剥がれ落ちている。

ため息をついた七瀬は、しばし考え込んで口を開いた。

「そういえば、華道で職位をとったと言っていたな」

「え、ええ！　幼い頃から華道は大の得意なんです」

自分に興味を持ってもらえたと思ったのか、美華の表情がパッと明るくなる。

すると七瀬は床の間に視線をやり、そこに置いてあった花器を指さした。

「では、あちらに飾ってある花も？」

「もちろん活けたのは私ですわ！　庭のウメモドキを使って飾りましたの」

鼻高々と胸を張った美華。

七瀬は「ほう」と目を見開き、千紗に顔を向けた。

「だ、そうだが千紗、あの花器に活けてあるのはウメモドキか？」

突然話を振られ、びくりと身体が震える。

しかし穏やかな七瀬のまなざしに息をつき直し、床の間を見据えた。そして首を横に振る。

「いえ……たしかによく似ていますが、あれはウメモドキではなく千両《せんりょう》と呼ばれるものです。冬のウメモドキは、赤い実と枝だけを残して綺麗に落葉してしまうので」

そう言って七瀬に向き直れば、満足そうな笑みが返ってきた。

その表情に安堵しながら、千紗はこれまでの日々を思い返す。

有馬家で花を活けていたのは美華ではなく千紗だ。女学校に持っていく花器も美華は一度も手をつけようとせず、すべて千紗に押しつけていた。床の間にある花も、きっと千紗から役代わりした女中の誰かが活けたのだろう。

「千紗が正しいな。職位を持つ人間がこんな初歩的な間違いをするとは思えないが、まともな教養すら身についていないのはどっちだ」

「ち、違うんです七瀬さまっ、これはちょっとした勘違いで……」

青ざめながら弁明しようとする美華を、蔑みの混じった視線で見下ろす七瀬。筋の通った言い訳ができないと考え直したのか、美華は隣にいる千紗を強く睨めつけた。

条件反射で顔をそらすと、美華のこめかみにピキリと血管が浮き出る。

「……よくも七瀬さまの前で私に恥をかかせたわね。またその気持ち悪い面布をはぎ取ってやるわ！」

逆上した美華に勢いよく襟元を掴み上げられ、小さな悲鳴が喉から漏れた。

「や、やめてくださ……っ！」

「抵抗するんじゃないわよ！　そうだ、あんたから結婚を辞退しなさい千紗。あんたみたいなバケモノ、七瀬さまから愛されるわけないじゃない。どんな手を使ったのか知らないけど、人には身の程というものが――」

「今すぐこの手を離せ」

地底を這《は》うような低い声が響き、ピタリと美華の動きが止まる。

ほとんど反射的に振り返ると、七瀬が美華に軍刀の鞘を向けていた。

「な、七瀬さま？」

「千紗に手を上げ、赤く腫れ上がるまで痛めつけていたのはお前だな。この場で斬られたいのか。千紗から離れろ」

七瀬から漏れ出した殺気にやられたのか、美華はその場にへたり込んだ。

「美華ちゃんっ！」

力を失った美華を弥栄子が受け止める。

声にならない様子でわなわなと震える美華を横目に、千紗の肩を抱き寄せ直した七瀬。そして呆然《ぼうぜん》とした弥栄子たちに向かって口を開いた。

「結納金は言い値を支払う。ただ、東都隊は数日前の妖魔襲撃の際、彼女を置き去りにして我先にと逃げ出すお前たちの姿を確認している」

「な、ぁ……っ」

弥栄子が、あんぐりと口を開けた。

「あれはそういうのではなく――」と言い淀んだ什造の言葉を遮り、七瀬が続ける。

「じきに聴聞証書が届く。調査の結果、彼女に対して日常的に無体をはたらいていたことが明るみに出れば、有馬の名は東都から消えるだろうな」

そう言って薄く笑みをたたえた七瀬は、ぞくりとするほど冷徹な顔をしていた。

文字どおり青くなり、サッとうつむいた什造たち。

美華だけは悪鬼のような表情を浮かべたまま、恨めしそうに千紗を睨み続けていた。


千紗たちが外に出ると、降り続いていた雨はぴたりとやんでいた。

厚い雨雲が散り、ほんのりとした陽光が差し込んでいる。停めてあった馬車へ乗った千紗は、目の前に座る七瀬へ向かって深々と頭を下げた。

「七瀬さん、本当にありがとうございました」

覚悟を決めてここまで来たはずなのに、先ほどの千紗は怯えて押し黙ることしかできなかった。これでは、寒空の下で震えていた頃となにも変われていない。千紗がしっかりしていなかったことで、七瀬の面目を失わせてしまったのではないだろうか。

「よく頑張ったな、怪我はしてないか」

しゅんとうつむきかけた千紗の手を取り、優しく声を揺らしてくれる七瀬。

「はい、ありがとうございます」

こくこくとうなずいた千紗は、小さな声で再度お礼を言った。

――この人はいつも、私がそのとき一番欲している言葉をくれる。

七瀬の穏やかなまなざしに、鼻の奥がツンと痛むのがわかった。七瀬がそばにいなければ、千紗は以前のように心が押しつぶされていただろう。

「そうだ、終わったら千紗に渡そうと思って、いいものを持ってきたんだ。よかったら一緒に食べないか？」

「いいものですか？」

きょとんとして問うと、七瀬は柔らかく微笑みながら手を千紗の前に出した。そこには、金属でできた缶が握られている。

「フィンガービスケットという。中央で流行してる洋菓子だそうだ」

「ふぃんがー？」

聞きなれない横文字をオウム返ししながら、目を瞬く。

七瀬が金属缶の蓋を開けると、そこには縦長の菓子がいくつか入っていた。ほのかに、甘い香りがするような気もする。

「いくつでも食べてくれ」

「で、でも、洋菓子なんてすごく高価なものなのでは……」

「そんなこと気にするな。流行りものを食べておかないと、隊の中で話に乗り遅れてしまうだろう。だから俺の勉強に付き合ってくれ」

七瀬の言葉にふっと気がゆるむ。そして、小さな笑みがこぼれた。こちらが気負わないように遠慮を取りのぞくのがとても上手な人だ。

「では……お言葉に甘えて、ひとつだけいただきます」

差し出された缶から〝フィンガービスケット〟なる菓子を手に取ってみる。すると、思っていたよりも重みを感じた。

おそるおそるひと口かじると、舌の上でほろりとほどける。その瞬間、口の中に小麦の豊かな香りと、感じたことのない甘みが広がった。

「わっ、これ、すごく美味しいです……っ！」

パッと顔を上げて声を弾ませた千紗に、七瀬は目を細める。

フィンガービスケット。初めて食べた優しい甘みの菓子は、千紗の気持ちを浮上させてくれた。

「千紗が元気になってよかった。また目新しいものを見つけたら買ってこよう」

沈んでいたことを見透かされていたのだと気づき、千紗はもう一度こくりと頭を下げた。

「ありがとうございます。それと……関係性を示すためとはいえ、いろんな言葉をかけていただいたことにもお礼を言わせてください」

「いろんな言葉？」

「その、愛している……とかです。嘘《うそ》だとわかっていても、嬉しくて」

自分で言っているうちに恥ずかしくなり、声が細くなってしまった。

――愛しているとか、唯一だとか、身にあまる言葉ばかりいただいてしまったわ。

あのときは意味を考える余裕なんてなかったが、今思えば熱烈なプロポーズのようではないか。身体中から湯気が出ているのではと錯覚するくらい暑くなり、ぱたぱたと手で顔をあおいだ。

すると一瞬だけ目を丸くした七瀬が、ふっと笑みをこぼす。

「俺は嘘が苦手だ」

「え？」

「俺が千紗に伝える言葉はすべて真実だと思ってくれていい」

甘やかな視線を受けた千紗は、面布の下でぱちぱちと目を瞬いた。

すべて真実だというのなら、七瀬は自分のことを……と、導きかけた考えを脳内で打ち消す。そんなのあまりに都合がよすぎるからだ。なにも持っていない千紗が七瀬から好いてもらえるなんて夢物語にも程がある。

——せめて七瀬さんのお役に立てることが、ひとつでもあればよかったのに。

千紗にとって七瀬は、雲の上にいるような尊い人だ。

そんな彼の隣で『役立たず』のまま過ごすのは、今の千紗にとってなによりの負い目だった。

やがてカタカタと鳴っていた車輪の音がやんだ。一条家へ帰ってきたのだ。

七瀬は千紗だけを降ろし、もう一度馬車へ戻った。

「このまま近衛軍の本部に寄る。千紗は屋敷で休んでてくれ」

「わかりました、お気をつけていってらっしゃいませ」

お見送りの挨拶をした千紗に小さな笑みを返し、馬車の御者に合図をする七瀬。

ゆっくりと動き出した車輪を目で追いながら、千紗は羽織をかけ直した。

七瀬の隣にいたときは寒さを感じなかったのに、ひとりになったとたん風の冷たさが増したようだ。

屋敷の中へ戻ろうと身を翻したそのとき、後ろからやってきた人影に動きを止める。

「……お戻りでしたか」

数日前にも聞いた冷たい声がほんの少しうわずって響いた。

そこにいたのは、七瀬の側近を名乗った林田南雲だった。表情から察するに、南雲はきっと千紗がいることを知らずに表門へ来たのだろう。

しばし気まずい沈黙が流れるが、勇気を出して口を開いた。

「あ、あの……七瀬さんはこれから近衛軍本部へ向かわれるそうです」

緊張しながら七瀬が不在の訳を述べた千紗。南雲の雰囲気は今日も変わらず冷えきっており、千紗をよく思っていないことがひしひしと伝わってくる。

やはり話しかけない方がよかっただろうか。なおも続く沈黙に怯えきった千紗を見て、南雲は小さくため息をついた。

「一条総督が本部に呼ばれたことは私も知っています。恐らく殿下の命令でしょうね」

そう言ってちらりと外を見やった南雲につられ、横を向く。

一条家の門前からは、はるか遠くにそびえ立つやぐらが見えた。

あれは、ここから少し離れた御用地にある『東宮御所《とうぐうごしょ》』だ。軍本部に併設されており、第一位の帝位継承権を持つ皇太子が住まう場所でもある。

――七瀬さんたち近衛軍をまとめる東宮さま。いったいどんなお方なのかしら。

帝國近衛軍の直轄は中央に座する帝ではなく、その子息である東宮だ。

そのため、これまでにも何度かその名を耳にしていたが、東宮の姿や年齢すら知らない千紗にとってはかなり謎めいた人物でもあった。

「それと総督は今〝家狩《いえが》り〟の調査にかかりきりなので、夜まで帰られないはずです」

「家狩り？」

聞きなれない単語に首をひねる。

「最近、妖魔が邸内まで入ってきて人を襲う事件が増えているでしょう。近衛軍ではこれらの事件を総称して、家狩りと呼んでいるんです。あなたも身に覚えがあるんじゃないですか」

南雲の答えに合点がいく。

たしかにそれでいうなら、千紗もその〝家狩り〟被害にあった張本人だ。

帝から妖魔除けの護符が配られるくらいなのだから、きっと近衛軍も対策に手を焼いているのだろう。

すると千紗の読みどおり、南雲が忌々しそうに呟いた。

「数か月前と比べて、明らかに妖魔の出現が増えているんです。東都隊のトップに一条総督がいるからなんとか保っているものの、このままじゃ総督の身体は――」

途中で千紗の存在に気づいたようにハッと言葉を止めた南雲。

南雲はそのまま、戸惑う千紗に向き直り、まなざしを鋭くした。

「……あなたがこの一条家で過ごすようになって数日経ちましたが、神通力は発現しそうですか？」

「い、いえ……お役に立てず申し訳ありません」

力なく首を横に振る。

これまでも千紗はありとあらゆる方法で神通力を発現させようと試みてきた。神通力は黄金色の瞳に宿ると言われているため、什造たちから強引に面布を外され折檻されたこともある。しかしあまりの恐怖に毎回失神してしまうので、力は現れないままだった。

するとと怪訝そうにこちらを見据えた南雲が、千紗の身なりに視線を移した。

「ずいぶん一条総督から大切にされているようですね」

「あ……」

南雲の言葉に含まれた意味を察し、思わずうつむく。

今日は有馬家へ挨拶しに行く予定だったため、いつもより豪勢に着付けてもらったのだ。南雲からすれば、無駄に着飾っているように見えたかもしれない。

隠しきれない苛立ちを抑えるよう、目を伏せた南雲が続ける。

「総督の気持ちに甘えて、なにもしないままでいるのは怠慢なのではないですか」

「た、怠慢、ですか……？」

「まさか特別な理由もなしにあの方から寵愛《ちょうあい》されているとでも？　総督があなたを花嫁に選んだ理由は、あなたが退魔の神通力を持ちうる人材だからですよ」

心臓を強く掴まれたような心地がした。

やはりそうだったのだ。七瀬が千紗を求めたのは、これが神通力を目当てとした結婚だったから。七瀬は否定していたが、そう考えるだけで、いろいろなことが腑《ふ》に落ちる。

しかしそれなら、どうして七瀬はなにもできない千紗をいつまでもそばに置いているのだろう。

「わ……私にそのような力は備わっていないと……思うのですが」

ふるふると震えながら、懺悔《ざんげ》にも似た言葉を落とす。

すると息を吐き出した南雲が、呆れたように眉間を押さえた。

「あなた、本当になにも知らないんですね。いいですか、あなたは確実に神通力を持っているんです。あなたは月守夜市《つきもりよいち》のひとり娘……月守千紗なのだから」

南雲の言葉に息をのむ。

月守という苗字に聞き覚えはないが、夜市は、亡くなった千紗の父の名だったからだ。

「林田さんは父をご存じなのですか？」

「月守夜市はそれなりに名の知れた神通力の使い手でしたからね。同じ黄金色の瞳を持つあなたに、力が受け継がれていないはずがないんですよ」

「父が、神通力を……」

知りようもなかった事実を突きつけられ、愕然《がくぜん》とする。

しかし、もし千紗に神通力が備わっているというのなら、なぜ今まで発現しなかったのだろうか。有馬家で拷問のような折檻を受けてもなお、力の片鱗すら見えなかったというのに。

　すると、南雲はなにかを思案するように千紗から目をそらした。

「恐らく、あなたが持つ力はなんらかの術で封じられているのでしょうね」

「封じられている？」

「ええ。本当は発現方法をご存じなのではないですか？　力を利用されたくないから黙っているだけなのでは？」

「そ、そんな……私、本当になにも知らないんです……っ」

　事実無根の疑いを必死に否定する。

　しかしそれでも千紗に対する疑惑は晴れないようで、南雲はぐっと眉をひそめた。

微塵も信頼できないと言わんばかりに。

「……まあいいです。でも、総督がなんと言おうとこれは神通力を目的とした契約結婚ですから」

　南雲が語気を強める。

　契約結婚という言葉が、重く千紗にのしかかった。

「ご自分の役目をゆめゆめお忘れなきようお願いしますよ。あなたがいつまでも役立たずのままなら、花嫁の代わりはいくらでもいるんですからね」

束の間の晴れ空は、低い唸《うな》り声をあげる曇天へと変わり、はらはらと夕あられが降り始める。

南雲の冷ややかな視線を受けながら、千紗はしばらくその場から動けなかった。


その日の夜。ミチさんと一緒にたくさんの料理をこしらえた千紗は、近衛軍本部から帰ってきた七瀬を出迎えた。

お膳に並ぶのは、色とりどりの和食料理。鱈を乗せた手まり寿司に、のどぐろや和牛の焼き物。炊き合わせには鮮やかな色を放つ旬野菜が使われている。

一条家で出てくる食事は、季節の食材をふんだんに使った彩り豊かなものが多かった。四季を感じられるような食事を作ることは、ミチさんの譲れないこだわりらしい。

「すごく美味しい。千紗は料理まで上手なのか」

「お口に合ってよかったです。おかわりもたくさんあるので、またお持ちしますね」

「ああ、ありがとう」

ひと口食べるごとに絶賛してくれる七瀬に、ぎこちなく笑みを返す。丹精込めて作った食事を『美味しい』と言って食べてもらえることがこんなに嬉しいなんて知らなかった。

それでも千紗は、この時間を心から楽しむことができないでいた。先ほど南雲に言われた言葉が、千紗の心を蝕《むしば》むようにして残っているからだ。

――私の神通力がこのまま発現しなければ、七瀬さんと過ごす日々もいつかは終わってしまう。

幸せな時間は長く続かないと気づいていたはずなのに、いざ現実を突きつけられると、どうしても胸が痛くなった。

「俺が不在の間になにかあったか？」

千紗の様子がおかしいと気づいたのか、七瀬がこちらをうかがうように見る。

すべてを見通すような視線にぴくりと肩を震わせた千紗は、慌てて首を振った。

「いえ、特になにも……」

「そうか？　もし悩みがあるなら早めに教えてくれ」

「はい……ありがとうございます」

千紗の胸を占めている思いは、悩みと言えるのだろうか。

心配そうに千紗を見つめる七瀬のまなざしに、ふと顔を上げた。

「えっと、ではひとつだけお聞きしてもいいでしょうか」

「なんだ？」

「退魔の神通力についてです」

千紗がそう言った瞬間、ピタリと七瀬の動きが止まった。

「なぜそんなことを聞く？」

少し驚いたような表情で箸を止めた七瀬に、手のひらを握りしめる。

「わ、私は神通力についての知識をあまり持ち合わせておりません。だから知っておきたいと思ったのです。退魔の神通力とはどういうものなのでしょうか」

背筋を伸ばして尋ねた千紗。

すべて本心だった。千紗は自身が持ちうるかもしれない神通力について、ほとんどなにも知らないまま生きてきたのだ。もし新たな知識を得られれば、力の発現に役立つかもしれない。

静かに聞いていた七瀬はため息をつくと、カタンと箸を置いた。

七瀬の表情が真剣なものに変わり、その場の雰囲気が張り詰める。

「その昔、帝國に近衛軍が配置されるずっと前……特別な力を使って國を護っていた一族がいたことは知っているか？」

七瀬の問いに、千紗は古い記憶を呼び起こす。

かつて妖魔の邪気を浄化できる一族がいたという話は千紗も知っていた。

「聞いたことがあります。帝國がここまで華々しく発展したのは、その一族の功績でもあると」

千紗がそう答えると、七瀬は目を閉じてうなずいた。

「その一族が使っていた異能が退魔の神通力だ。一族の者は皆、美しい黄金色の瞳を持ち、『月守の一族』と呼ばれていた」

「月守の一族……」

南雲が言っていた苗字と同じだ。

帝國では、最高権力者である帝を光り輝く月になぞらえることがある。その〝月〟を守る一族なんて、かなり仰々しい名前だ。

「まあ、表舞台から姿を消してからは伝承でしか名を聞かなくなってしまったけどな」

「姿を消した……？」

低く沈んだ七瀬の声に、小さく首をかしげた。

「その強大すぎる力が政治利用されるようになってから、血が途絶えていったと言われているんだ。現に、月守の力を欲している人は今でもこの帝國にごまんといる」

「そんなに、ですか？」

「その筆頭が帝だ」

唐突に出てきた最高権力者の存在に、言葉を失う。

帝國の中心に御所を構えた中央政権は、帝の周りを鉄壁の護りで固めているという。

その護りというのが、東西南北に部隊を配置した帝國近衛軍である。

四方を近衛軍に護られた中央には妖魔が現れない。だからこそ華やかな文明が開化し、歴史上もっとも長く続く政権となったのだ。

「月守の一族は元々、帝に仕えていたんだ。中央から姿を消した神通力の使い手を、帝は今でも血眼になって探している」

七瀬の言葉にぎゅっと襟元を抑えた。

帝が神通力の使い手を探している。考えもしなかったことに、背中を冷たいものが走った。

「心配しなくても、千紗を帝に引き渡すような真似はしない。むしろそれを防ぐために護りを固めているんだから、安心してくれ」

「は、はい……ありがとうございます」

たしかに七瀬は千紗の身を護るよう、いつも誰かをそばに置いてくれていた。七瀬が任務で不在のときも南雲や他の隊士が屋敷に駐在しているし、千紗が外へ出るときは必ず側仕えの者が付いてきてくれるのだ。かなり過剰な護衛と言えるだろう。

硬直した千紗の背を七瀬が優しくさする。こちらを安心させるような手のひらの動きに、ホッと息が漏れた。

使い手の血が途絶えたという退魔の神通力。正直未だに、自分にそのような力があるとは思えなかった。

今は封じられているという千紗の力。誰がなんの目的で封じたのかはわからないが、もし開花することができたなら……帝に求められるほどの力を、いったいどのように使いこなせばいいのだろうか。

——お父さまは、なにか知っていたのかしら。

千紗に面布をかぶせ、そのまま亡くなってしまった父。

記憶の中の父は、いつも歪んだ顔をしていた。笑った顔はもう思い出すことすらできない。

それでも千紗は、もう一度父と話がしたかった。

——私に人智《じんち》を超えた力があるというのなら、どうやってそれを開花させればいいの？　どうすれば七瀬さんの役に立てるの？　教えてほしい、どうか……。

答えが出ない問いを頭の中で繰り返す。底の見えない暗闇に溺れていくようだった。

（四）抱えた痛み

有馬美華は、自らの価値をよく知っていた。

幼い頃から蝶よ花よと宝石を磨くように育てられ、指先から髪一本に至るまで輝きを放つ『社交界の華』になったのだ。

美華がにっこりと微笑むだけで大抵の人は言うことを聞いてくれた。欲しいものはすべて手に入れてきたし、この世のすべてが自分の思いどおりになると思っていた。

それなのに、どうして。

「嫌よ、嫌、嫌、嫌!! どれもこれも冴《さ》えない男ばっかりじゃない、私に見合わないわ！」

床に叩きつけたコーヒーカップが、ガシャンと割れる。

カップと一緒に落とされたお見合い写真を拾いながら、什造が険しい顔をした。

「無茶を言わないでおくれ美華、私たちに残された道はもう少ないんだ。一条さまを敵に回してしまった以上、この東都に居場所はない。美華はできるだけ名の知れた名家の子息に嫁いで、私たちは分家に身を寄せるしか……」

「どうして私たちがそんな逃げるような真似しなきゃいけないの!? あのバケモノ女がいい思いをしているのに、どうしてこの私が……!!」

美華はつい先日、人生で初めての屈辱を味わった。

そう、バケモノと呼んで見下していたあの女――千紗が七瀬と共にこの有馬家へ戻ってきた日に。

七瀬から『結婚の挨拶がしたい』との申し出があったと聞いたとき、什造たちは当然自慢の娘である美華に求婚が来たのだと思い込んだ。

美華もそうだ。舞い上がり、そして『ああ、やっぱりすべてが私の思いどおりになるんだわ』と運命に酔いしれた。今まで高見から見下ろすようにして結婚相手を選んでいたが、ようやく自分にふさわしい相手がやってきたのだと。

しかし、七瀬が選んだのは千紗の方だった。

久しぶりに見たあの女はすっかり様変わりしていた。美華より上質な着物を身にまとい、流行りの髪留めをし、優美に咲き誇る華のように美華を圧倒していた。

よりにもよって、あの千紗が。

――そんなの許されていいはずがないわ。

爪が肌に食い込むくらい、ぶるぶると拳を握りしめる。

千紗が磨けば光る石だということくらい、美華はとっくに気がついていた。

だからこそ徹底的に〝身の程〟というものを思い知らせたのだ。

愚図と言って睨みつければ、仕事が速くなった。

バケモノと罵れば、震えながら頭を下げた。

そうしているうちに、だんだん千紗は人形のように従順になっていった。

それでも千紗は、どれだけ痛めつけても惨めに枯れることはなかった。あの白い肌も、濡羽のような黒髪も、儚《はなか》げな様子がよりいっそう千紗の美しさを強調しているようで、その輝きを感じるたび無性に腹が立った。

「ねえお父さま、なんとかならないの？　私、どうしても七瀬さまと一緒になりたいの」

涙目で父を見上げる。

もちろん嘘泣きだが、什造はわかりやすくたじろいだ。

「ううむ……しかし……」

「お願い、お父さま。あんなに素敵な方は初めて見たんですもの」

「だがお前も目の前で叱責を受けたじゃないか。それでも一条さまがいいのか？」

什造の言葉に、心の中で舌打ちをする。

たしかに七瀬はあの日、美華に対してほんの少しきつい言葉を投げかけた。しかし、あれは七瀬の本心ではないはずだ。

「七瀬さまはあの女に騙《だま》されてるのよ。あの女、献身だけは得意だったもの。きっとうまい手を使って七瀬さまを丸め込んだんだわ」

なんて卑劣なの、と続けて唇を噛む。

そうだ、あの千紗が一条七瀬に見染められるなんてありえない。容姿や佇まいに少し華があるからといって、醜い妖痕を持つバケモノが七瀬から愛されていいはずないのだ。

そのとき、バタバタと足音を立てて有馬家の使用人が入ってきた。そしてなにかを耳打ちされた什造が「なんだって!?」と声を張り上げる。

「どうかしたの？」

「……いや、近衛軍の士官がこちらに来ているそうだ」

什造がそう言った瞬間、すぱんと音を立てて襖が開いた。

そこには有馬家の女中頭と、黒い軍服に身を包んだ隊士が立っていた。

すばやく階級章に目をやる美華だったが、隊士の肩にはなんの紋印も入っていなかった。

——無印の士官ね、七瀬さまとは比べ物にならないくらい下っ端じゃない。

急に興味を失った美華はそばにあった椅子に腰かけ、我関せずの顔を作った。

「こちらの士官さまが、旦那さま方にお話があるそうです」

「なんだ、今はあまり時間がないのだが」

什造も美華と同じで、目の前に立つ隊士を〝下の人間〟だと判断したのだろう。

蔑みの視線を受けた隊士が、ぐっと顔をしかめた。しかし、すぐに表情を戻して姿勢を正す。

「私は、ある御方の命でこちらに来ました」

「ある御方？　誰だそれは」

「この東都に住まう者なら、誰でも知っているようなお方です」

隊士のはっきりしない物言いにしびれを切らしたのか、什造が机をトンと叩く。

「それで、要件はなんだね」

「端的に申しますと、有馬家の皆さまに協力していただきたいことがあるのです。現近衛軍総督の一条七瀬と、その花嫁――月守千紗を引き離すための力添えを」

――つきもり？

聞き耳を立てていた美華は、聞きなれない苗字に首をかしげる。

しかし什造はその名前に覚えがあったようで、ハッと慌てたように立ち上がった。

「つ……月守だと？　あの娘、やはり月守の血を継いでいたのか！」

「はい、私どもは月守千紗が持つ退魔の神通力を必要としています。しかし、月守千紗は現総督が鉄壁の護りで囲っているので、主も手を焼いているのです。そこでもし皆さま方の力添えをいただけるのであれば……」

「もったいぶらずに早く言いたまえ、協力すれば、どうなるんだ。なにを見返りにくれる？」

「中央での何不自由ない暮らしをご用意いたしましょう」

薄っすらと笑みをたたえながら、胸に手を当てた隊士。

その瞬間、くっと什造の口角が上がる。

「ふふ、ふははははは！　ついてる、ついてるぞ！　やはり天は我らを見捨てていなかった！」

天井を見上げて高笑いした什造に、ぽかんとする。

「お父さま、つきもりの血って？」

「ああ、美華にはまだ話してなかったな」

それから什造は、月守の一族について話を始めた。

この帝國にはかつて類まれなる神通力を使えた一族がいたこと。

その者たちは『月守の一族』と呼ばれ、帝に仕えていたこと。

東都に月守の血を継いだ〝妖痕持ち〟の娘が身を隠しているという噂を聞きつけた什造が、同じ特徴を持った千紗を引き取ったということ。

「じゃあ、あの女は本当に退魔の神通力を持っていたの？」

「そうだ。だが、どんなことを試してもあやつの力は発現しなかった。だからただの拾い損だったと捨て置いていたのだが……まさか本当に月守の血を継いでいたとは。もう少し痛めつけてやればよかったわい」

悔しがる什造を前に、美華はまったく別のことを考えていた。

千紗がいくら特別な血を継いでいようと、あの醜い妖痕がある限り下賤の地位は変わらない。それでも、ひとつだけ明らかになった事実がある。

「なぁんだ、やっぱりこの結婚には裏があったんじゃない」

ふふふ、と腹の底から込み上げてくる愉快な笑いが止まらない。

七瀬は、千紗を愛していたわけじゃなかった。

あの容姿に惹かれたわけでもない。千紗が持っているという、退魔の神通力欲しさに求婚したのだ。

「それで、私たちはなにをすればいいのかね」

ニコニコと手をすり合わせながら、隊士に向き合った什造。

「現総督と月守千紗の間に隙ができるよう、取り計らっていただきたいのです。十年間、あの娘と暮らしていた皆さま方にとっては簡単でしょう」

「そ、それは、そうですな……」

什造がぐっと言葉に詰まる。

――いいこと思いついたわ。

そこで、美華はしなだれかかるようにして什造に駆け寄った。

「ねえ、お父さま。そのお役目、私に任せてくれないかしら」

「美華が？　しかし……」

「あの女と七瀬さまを引き離せばいいのでしょう、赤子の手をひねるより簡単ですわ」

「なにかいい策でもあるのか？」

目を見開いた什造に、ゆっくりとうなずいた。

「ええ、でもそれがうまくいった暁には、私のお願いも聞いてもらえる？」

あの女に先を越されてたまるものか。

欲しいものは、どんなことをしてでも手に入れる。

「私、七瀬さまの花嫁になりたいの。いいでしょう、お父さま」

誰よりも輝きを放つ美華が望めば、この世はすべて思いどおりになるはずなのだから。

◇

千紗が一条家で過ごすようになってから二週間あまり。

未だ千紗の力は開花しないままだ。しかし単調に流れる日々は陽だまりのように心を照らし、千紗はうつむくことが少なくなった。

「わああ、奥さますごいです！　こんなに綺麗な刺繍ができるなんて！」

「本当に、しかもとっても可愛いわ！　奥さま、私にも教えてくださいなっ」

「は、はい……っ！　こんなのでよければ、いくらでも」

笑顔で言葉を返すと、千紗の周りに集った女中たちが、わっと歓声をあげた。

手元にあるのは、刺繍枠と鮮やかな刺繍糸。千紗は最近、一条家に仕える若い女中たちと一緒に刺繍をたしなんでいた。

空いた時間に何気なく刺繍をしていたら、ひとり、またひとりと周りに人が増えていき、気づけば小さな教室ができあがっていたのだ。

「奥さま、糸はどれを使えばいいのですか？」

「それは……こちらの細いものを使ってみてください」

「わぁ、ありがとうございます！」

満面の笑みを見せた女中に、千紗も頬をゆるめる。

――奥さまと呼ばれるのは慣れないけれど、こんなふうに人が集まってきてくれるのはとても嬉しいわ。

まさか美華から押しつけられていた刺繍仕事の技術がこんなところで活きるなんて。

純粋な好意を持って話しかけてくれるだけでも嬉しいのに、こうして頼りにしてもらえるということが千紗にとってなによりの喜びだった。

「そういえば奥さまは、旦那さまに刺繍ハンカチの贈り物をしないのですか？」

「刺繍ハンカチ？」

「女学生の間で流行ってるんですよ。好いたお方をイメージした花の刺繍が入ったハンカチを贈れば、恋が成就するって言われてるんです」

女中の中でもひときわ明るく、流行りごとに詳しい文子《ふみこ》が、ふふんと鼻を鳴らして説明する。

「そんな流行りごとがあるのですね……」

ほう、と目を丸くした。女学生らしい可愛い願掛けだ。

すると横にいた姐《ねえ》さん女中の八重《やえ》が、文子を小突いた。

「奥さまと旦那さまはもう恋仲なのだから、そんな願掛けは必要ないでしょ」

「たっ、たしかに……！　すみません、あたしったら」

「い、いえいえ！　私と七瀬さんはそういうのではないので！」

慌てて否定すると、八重のきょとんとした反応が返ってくる。

「でも旦那さまは、奥さまにぞっこんじゃないですか」

「そ、そんなわけ……」

「そんなわけがあるんですよ。奥さまがここに来てから旦那さまは雰囲気がぐっと優しくなられましたし、なんだか屋敷の中がパアッと華やいだ気がしますわ」

「そうそう、旦那さま、まさに人が変わったみたいですよねっ。ただでさえ女性から人気があったのに、あの氷のような冷たさが和らいでからは、前にもましてご令嬢からアプローチをもらってるみたいですし」

うっとりと両手で頬を包み込んだ文子を、八重が再び小突く。

「いたぁ！」

「馬鹿っ、なんで奥さまの前でそんなこと言うのよっ！」

「あっ」

ハッとして口を押さえた文子を前に、千紗は慌てて「気にしないでください」と笑みをこぼした。

――七瀬さんが女性から人気があるのは、当たり前よね。あんなに優しくて素敵な人なんだから。

そもそも千紗たちの関係は契約で成り立っているのだから、恋仲に発展するはずがないのだ。千紗は始めから七瀬の女性関係に口出しできる立場にいない。

七瀬にアプローチしている人の中にはきっと、千紗よりも優れた令嬢がたくさんいるのだろう。

『あなたがいつまでも役立たずのままなら、花嫁の代わりはいくらでもいるんですからね』

南雲の言葉がふいによみがえり、憂鬱な気分になる。

目の前にある色とりどりの刺繍糸を見ながら、千紗は小さくため息をついた。

「これ、あなたたち。台所がそのままになってたわよ」

そのとき、後ろから耳なじみのいい声が響く。

驚いて振り返ると、そこには呆れ顔をしたミチさんが立っていた。

「千紗さんに構ってもらうのはいいけれど、やることを片付けてからにしなさいな」

「はぁい」

「すみませんでした」

ミチさんが放った鶴の一声で、散り散りになっていく女中たち。

やれやれといった顔でこちらを振り向いたミチさんが、申し訳なさそうに千紗を見る。

「あの子たちったらもう……ごめんなさいね千紗さん、毎日騒がしいでしょう」

「そんな、騒がしいなんて、全然です！」

千紗がそう答えても、ミチさんの眉は下がったままだ。

「あの子たち皆、千紗さんが大好きみたいなのよ。だからきっと、千紗さんに構ってほしいのね」

「皆さんとってもいい方ですし、私も皆さんが大好きです。それに私が知らないことをたくさん教えてくれるので刺激になっています」

「そう？　千紗さんが楽しく過ごせているならいいのだけど」

ようやく朗らかな笑顔を取り戻したミチさんに、ホッと息をついた。

「そういえば、七瀬さんはまだ任務から帰られないのでしょうか?」

不意に思い立ってミチさんに問う。

千紗が知る限り、ここ最近の七瀬はかなりの激務をこなしているようだった。

明け方に帰ってきたと思えば、そのまますぐ出立していく様子を何度か見ている。

千紗の護衛をしてくれている隊士いわく、妖魔討伐の任務に明け暮れているというが、そんな状態でいつ寝ているのだろうかと心配になってしまう。

「旦那さまなら、昨日の夜遅くにお帰りになったと思うわ」

「本当ですか?」

「ええ。でも今日も昼餉はいらないと聞いているから、きっとまたすぐ出立されるんじゃないかしら」

「そう、なんですね……」

ひょっとしたら、今日は会って話せるかもしれない。そう思っていた千紗は、無意識のうちに落胆してしまった。

すると、そんな千紗を見たミチさんがふふっと笑みを浮かべた。

「あのお方はいつも朝に渡来物のお茶を飲むの」

「渡来物のお茶、ですか?」

「そう。千紗さん、よかったら旦那さまのところに持っていってもらえる？」

柔らかな笑顔でこちらを見つめるミチさん。

一瞬ぽかんとしたあと、それが彼女なりの気遣いだと気づいた千紗は、かあっと頬を赤くさせた。

「わ、私がお持ちしてもいいのでしょうか？」

「もちろんよ。旦那さまも千紗さんにお会いできたら喜ぶと思うわ」

ミチさんから受け取った〝渡来物のお茶〟からは、甘い柑橘《かんきつ》のような香りがした。

数十分後。ミチさんから教わったとおりに茶を淹れた千紗は、カップからただよういい香りに目を細めながら七瀬の元へ向かった。

長い廊下をしばらく進み、七瀬の自室にたどり着く。

「七瀬さん」

襖の前で一応声をかけてみたものの、中から返事はなかった。

帰宅したのは昨日の夜遅くだったと言っていたし、もしかするとまだ眠っているのかもしれない。

おそるおそる襖を開けてみると、脇息にもたれている七瀬の背が見えた。

――あれ、起きていたのかしら。

声が届かなかったのだろうかと首をかしげながら、その背中にそっと近づく。

そうして顔が見えたところでピタリと足を止めた。

「……眠って、いるのですか?」

七瀬は、目を閉じたまま動く様子がなかった。

よくよく耳をすませると、安らかな寝息も聞こえてくる。どうやら本当に眠っているようだ。

――これだけ近づいても起きないなんて、相当お疲れなんだわ。

七瀬のために淹れた茶をかたわらに置き、音を立てないよう気をつけながらその場に座る。いつもどこか毅然《きぜん》とした雰囲気をまとっている七瀬の、ここまで無防備な姿を見たのは初めてだった。

書き仕事をしているうちに冷えたのだろうか、脇息の周りには書きかけの書類が散らばっており、七瀬は着物の上から軍服の外套を羽織っていた。

――こうして見ていると、つくづく綺麗なお方だわ。

障子から漏れた日の光が、七瀬の長いまつ毛を照らす。

陽光に反射した小さな埃《ほこり》が、ちらちらと輝きながら七瀬の頬に落ちる。まるで、よくできた絵画でも見ているかのようだ。

もし……彼にハンカチを贈るとしたら、どんな花を刺繍するのがいいだろうか。

凛としたイメージがあるから、百合なんかいいかもしれない。

それか、瞳の色に合わせて青と橙の花を入れるとか。

贈るだけのおこがましさは持てない。けれど、想像するだけなら許されるだろう。

頭の中で鮮やかな花が刺繍されたハンカチを思い浮かべ、千紗は無意識のうちに頬をゆるめていた。

「……ち、さ」

「わっ」

ぼんやりと横顔に見とれていたところで突然名前を呼ばれ、ひゅっとのけぞる。

「な、七瀬さん？」

名前を呼ぶが反応はない。起こしてしまったのかと思ったが、どうやら違ったらしい。

呟くように千紗の名を呼んだ七瀬の顔を覗き込むと、眉間にシワが寄っているのが見えた。先ほどまではなかったものだ。

思わずそっと手を伸ばし、七瀬の指先に触れる。

――氷のように冷たいわ。

どうしてこんなに手が冷たいのだろう。

このままでは風邪をひいてしまうかもしれない。自らの温度を分け与えるようにしてぎゅっと握りしめれば、七瀬の伏せたまつ毛が小さく揺れるのがわかった。

「っ、く」

眠ったままだというのに、どこか苦しげに歪んだ七瀬の表情に息をのむ。

悪い夢でも見ているのだろうか。じっと耐えるようにして低く息を吐き出す七瀬の手を握ったまま、ゆっくりと背中を撫でた。

「七瀬さん、大丈夫です」

「……っ、……」

千紗は、無意識のうちに七瀬の名を繰り返し呼んでいた。そう続けているうちに、氷のようだった指先がほんのりと温かくなっていく。

千紗がホッと息をついたそのとき、閉じられていた七瀬の目がゆっくりと開いた。

面布ごしに薄く重なった視線はそのままに、ぼんやりと千紗を見上げる七瀬。

「……夢か？」

「いえ、夢じゃないです」

ほとんど反射的に答える。

事態をのみ込むように時間をかけて千紗を見やった七瀬は、そのままもう一度目を閉じた。

「……夢の中に千紗が出てきた」

「私が、ですか？」

「ああ。だからこれも夢だと思ったんだが」

「どんな夢を見たのですか？」

七瀬はもう目を覚ましたのだから、離れなければいけない。しかしなぜか無性に離れがたく、千紗は七瀬に手を重ねたまま言葉を返した。

「闇の中で溺れるような夢だった。右も左も見えない暗闇の中、千紗の声が聞こえたんだ。俺の名前を呼んでいた。そうして目を開けてみると、俺の手を握ったお前がいた」

淡々と、事実だけを述べるその声色。しかし、最後の言葉にはどこか千紗を想う気持ちがのっているような気がした。

──闇の中で溺れるような……やっぱり恐ろしい夢を見ていたのね。

先ほどの苦しげな姿を思い出し、胸が痛む。

すると千紗の手を握り返し、そっと指先をすり合わせた七瀬がこちらを見つめた。

「ありがとう」

「え？」

どうして急にお礼を言われたのかわからず、間の抜けた声が出てしまった。

おもむろに身体を起こした七瀬が、ゆっくりと千紗の手を離す。

「俺はいつも目覚めが悪い。だが、千紗のおかげで今日は気持ちよく目覚めることができた」

「私はなにも……」

「手を握っていてくれただろう。それに俺は、こうしてお前がそばにいてくれるだけでも心地がいいんだ」

遠ざかったぬくもりを惜しむように、七瀬が千紗の頬をすり、と撫でる。

触れられた頬を色づかせながらも、千紗は拒まずその指先を受け入れた。

「頬に触れても怯えなくなったな」

「あ……」

七瀬に言われて、初めて気がつく。たしかにこの間までは面布のそばを触れられるだけで拒絶反応が出ていたのに、今はもうなんともない。むしろ、先ほどからなぜかトクトクとうるさくなっていく鼓動の方が気になるくらいだ。

「七瀬さんのおかげ、です」

鼓動を抑えるように襟元を握りしめ、七瀬を見上げる。

千紗に根付いた〝妖痕を見られることへの拒絶反応〟はきっとこの先も消えないだろう。それでも千紗の中にはびこっていた漠然とした恐怖は、ここ数日でだいぶ軽くなったように思う。それはまぎれもなく、七瀬が千紗を受け入れてくれたおかげだ。

「俺はなにもしていない。千紗が本来の自分を取り戻しつつあるだけだ」

「本来の自分ですか？」

「ああ。いわれもなく傷つけられ、不当に扱われたことで無自覚のうちに本来の人格を封じてしまったんだろう。だからゆっくりと思い出していけばいい。本当の千紗は、周りから大切にされて愛されるべき人間なのだから」

「……っ」

──愛されるべき人間、だなんて初めて言われた……。

胸が詰まったようになり、涙が出そうになった。

自分には七瀬からこんなに優しい言葉をかけられる資格なんてない。頭ではそうわかっているのに、勝手に心が満ちていってしまう。

七瀬といると胸が喜びにあふれ、締めつけられるように痛くなる。

この矛盾を幸せに感じることもあれば、苦しく感じることもあった。

辛くなってしまうのはきっと、彼の優しさに触れるたび、自分の不甲斐《ふがい》なさが身に染みてしまうから。この日々が長くは続かないと知ってしまったから。

それなのに、どうしてこの心は疼《うず》くのをやめてくれないのだろう。

──私、七瀬さんのことが好きになってしまったんだ。

ようやく己の初恋を自覚した千紗は、ぎゅっと襟元を握りしめた。

「な、七瀬さん、私になにかできることはありませんか?」

身を乗り出した千紗に、驚いた様子を見せる七瀬。

「できること? 急にどうした」

「七瀬さんのお役に立ちたいんです。こんなによくしていただいているのに、私はまだなにもお返しできていないので」

七瀬がくれる優しさをはき違えてはいけない。こうして七瀬のそばにいられるのは、千紗が退魔の神通力を持っているからなのだ。

それなのにまだ、千紗は力を発現させるどころか誰の役にも立てていない。

環境に甘え、一方的に大切にされてばかりでは、南雲の言うとおり『怠慢なだけの役立たず』にすぎない。

「なにかを返さなくては、などと気負わなくていい」

「で、でも……私も七瀬さんを大切にしたい、です」

言い終えてからハッとした。

大切にしたい、などと、どの口が言っているのだろうか。分不相応にも程がある。

失言に気づいた千紗がおずおずと面前を見上げれば、七瀬はこれ以上ないほどに穏やかな表情を浮かべていた。

「寝起きの男の前で、そんなに愛らしいことを言っては駄目だ」

「え……？」

「手を出してしまいそうになる」

「なっ」

千紗が言葉を詰まらせれば、朝焼け色の瞳がこちらの想いを確かめるように揺れた。

七瀬の指先が再び面布の下をさすり、唇に触れるかと思われたその瞬間、そっと離れる。

うろたえる千紗を見て、愛おしそうに笑う七瀬。

「言葉の意味はわかっているんだな」

「あ、あまりからかわないでくださいませ……」

「からかっているわけではないんだが……さっきよりも頬が赤くなってしまったみたいだ」

「朝焼けのせい、でしょうか……」

とっさにごまかした千紗を見ておかしそうに肩を揺らした七瀬は、ふと下に視線をずらした。盆の上に置かれたお茶の存在に気づいたのだろう、わずかに七瀬の瞳が見開かれる。

「すまない、茶を持ってきてくれたのか」

「あっ、いえ！　私の方こそ忘れていてすみません。淹れ直してきましょうか」

「大丈夫だ、このままでいい」

すっかり冷めてしまったお茶をひと口飲み、おもむろに立ち上がった七瀬が障子を開けた。

すると、思わず目を細めてしまうほどの陽光が千紗たちの上に降り注ぐ。

「よく晴れたな」

窓辺にカップを置き、かたわらの木枠にもたれかかった七瀬。

障子の奥にあった硝子窓からは、中庭の様子がよく見えた。

綺麗に整備された石畳の小道に並ぶ立派な石灯籠《いしどうろう》。池の周りに咲き誇る水仙の花びらが、一枚ひらりと風にのって水面に舞い落ち、規則的な水紋を作っている。

「……美しいですね」

「そうか？　俺にはいつもどおりの景色に見えるが」

「日の光に照らされた池の水も、水仙の花に落とされた朝つゆも、ここにあるすべてが美しいです」

微笑みながらそう言った千紗に、七瀬は少し拍子抜けしたような表情を浮かべた。

「なるほど、千紗の目にはそういうふうに映っているんだな」

感心したように呟いた七瀬は、再び中庭へと目を向ける。

千紗の言葉を、ゆっくりと噛み砕いているようにも見えた。

「……たしかに、美しいな」

「はい、とても」

温かな陽光に身をゆだねながら、千紗は幼い頃に読んだ本を思い出した。

「そういえば……この國には、虹色にうねりながら輝く空が見られる場所や、金の角を持つ動物が神として崇められている都があると、本で読んだことがあります」

「虹色の空や、金の角を持つ動物……か。どれもにわかには信じがたいものだな」

眉をひそめた七瀬に、笑みを返す。

「ふふ、そうですね。でもこんなふうに美しい光景を見ていると、知らないだけでどこかにあるんじゃないかって思ってしまいます。私の知らない土地に、心躍るような世界が広がっているのではないかと」

父を亡くし、有馬家へ引き取られ、なにもかもに絶望していた頃は考えもしなかったことだ。

するとそんな千紗を見た七瀬が、かすかに目を細めた。

「千紗の視界を借りてこの世の中を見てみたい」

「え？」

「千紗の目に映る景色はきっと、俺が見ているものよりも鮮明で美しいのだろう」

七瀬が、たとえば、と続ける。

「花に落ちた朝つゆなど、千紗から聞くまで視界に入りもしなかった。お前といると、こういう〝初めて〟が多い」

「初めて、ですか？」

千紗の問いに、うなずく七瀬。

「見たことのない景色に心が動かされたのも、手を握られながら目覚めたのも初めてだ。あとは……朝の日差しに照らされたお前の頬が少し赤らんでほころぶ美しさを知ったのも、初めてだな」

七瀬がいたずらな笑みを浮かべたのを見て、ぐっと唇を引き結ぶ。

なぜだろう、今日はいつもより七瀬の雰囲気が甘いような気がする。

「わ、私もこのお屋敷に来てからいろんな初めてを知りました」

千紗が負けじとそう返すと、七瀬は興味深そうに眉を上げた。

「どんな初めてだ？」

「……抱きしめられたときのぬくもりを知ったのは初めてですし、冬晴れの朝に誰かと一緒に洗濯をする楽しさを知ったのも初めてです。あとは渡来物のお茶の香りを知ったのも……」

ひとつひとつ、思い返すように〝初めて〟を並べていく。

七瀬はなにも言わず、つたない千紗の言葉を聞いてくれていた。

「それに……誰かに護られながら眠る夜の優しさも、初めて知りました」

思わず語尾が震えてしまう。

千紗はとっくに気がついていた。七瀬が毎晩千紗の護衛をしてくれていることも、夜に一度帰ってきて、そのまま踵を返すように任務へ戻っていることも。

初めて気づいたのは三日目の夜だっただろうか。千紗を起こさないようそっと布団をかけ直してくれた七瀬を見て、言い表しようのない安心感に包まれたことを覚えている。

「七瀬さん、どうか無理はしないでくださいね」

このままではいつか過労で倒れてしまうのではないだろうか。そんな不安に駆られて声を揺らした千紗だったが、七瀬は軽く受け流すように笑った。

「大丈夫だ。任務の忙しさは、千紗がこの屋敷に来る前と変わらない。夜に一度帰ってきているのも、ただ俺がそうしたいからだ。日中はどうしても一緒に過ごす時間が限られてしまうからな」

中庭からこちらに視線を戻しながら、七瀬が続ける。

「だから、今日は一緒に朝日を眺められて嬉しかった。こうしてお前が隣にいてくれるだけで俺は――」

途中で止まってしまった七瀬の言葉に顔を上げ、視界に入ってきたその表情に目を見開いた。

口元は変わらず弧を描いているのに、とても悲しそうに見えたからだ。

なぜこんなに切なく自分を見つめるのだろうか。

その答えを見つけるように七瀬を見つめ返す千紗だったが、ふっと視線をそらされてしまった。

「七瀬さん？」

「悪い、なんでもない。ただ気が向いたらまた俺の座敷に訪ねてきてくれ。せわしない任務の合間でも千紗と話せば気が休まる」

再び面布ごしに視線が混じり合い、七瀬の瞳が千紗だけを見つめる。

かすかに揺れたそのまなざしが、こちらを求めているようで心臓が跳ねた。

「……はい」

小さく返事をした千紗は、日差しを避けるふりをして七瀬に身を寄せた。

抱えきれないほどの寂しさを隠すように微笑む七瀬を前に、千紗はただ戸惑うことしかできない。

——考えてみれば、私は七瀬さんのことをなにも知らないのね。

そもそも七瀬は、自分のことをあまり語らない。妖魔の心臓を持つ半妖だと千紗に話してくれたのが最後だっただろうか。

七瀬から孤独の匂いを感じても、その正体を知ることはできない。七瀬がどんな思いで千紗を迎え入れたのか、千紗をどう思っているのか、それすらわからないのだ。

――いつか、教えてもらえるかしら。

ふと芽生えかけた己の感情に気づいた千紗は、すぐに心の中で否定する。

なんてずうずうしく、厚かましいのだろう。面布の下に隠した素顔さえ見せられていない自分が、七瀬のすべてを知りたいと望むなんて。

それでも、と千紗は思う。

もっとこの人の役に立ちたい。そばにいてもいいのだと思えるようになりたい。

たとえ恋仲になれなかったとしても、千紗は七瀬にとってふさわしい花嫁になりたかった。

◇

東都の外れ、十番街と呼ばれる路地の一角には、どこかすえた匂いが染みついていた。

遠くでは明るいお囃子《はやし》の音や、きゃあきゃあとかしましい妓女《ぎじょ》の声が反響している。

賑わいを見せる表通りと違い、裏路地はしんと静まり返っていた。さびれた飲食店もそのほとんどが閉まっている。ここ最近、妖魔の出現が頻発しているせいだろう。

『グルル……ッギャアァ!!』

「……っは」

飛びかかってきた妖魔を一撃で仕留めた七瀬は、刀についた血を振り落としながら目を伏せた。

妖魔を倒すのはこれで何体目だろうか。異常だ。ここまで妖魔の出現が頻発することなんて、今までなかったというのに。

早々に軍議を開き、対策を練らなければ。いや、その前に部隊を編成し直すのが先か。

考えを巡らせながら路地を歩く。

辺りは静まり返っているのに、不快な断末魔が鼓膜に張りついて離れなかった。

邪気にまみれた妖魔を討伐するには、核である心臓をつらぬくしかない。そうすることで苦しまないように葬ってやれるのだ。

しかし明日は我が身である。七瀬は妖魔を斬りながら、己の心臓がつらぬかれるさまをまぶたの裏で何度も見た。

「……はあ」

暗闇の中で溺れるような感覚に目まいを覚えながら、七瀬は昨日のことを思い出した。

いつもと変わらない悪夢だった。違ったのは、そばに彼女がいたことだ。

手のひらを包み込む柔らかな温度に目を開けると、ホッとしたように吐息を漏らした千紗の姿があった。たまらず彼女に触れれば、面布から覗いた頬がみるみるうちに赤く染まってしまい、あまりの愛らしさに手を出したことを少し後悔したくらいだ。

初めは感情に乏しく謝ってばかりいた千紗だが、最近ではよく笑い、声色が明るくなってきた。とてもいい兆候である。

しかし〝本来の自分を取り戻しつつある〟のは、なにも千紗だけではない。

千紗が笑うと心が安らぐ。もっと一緒に過ごす時間を増やしたいと思うし、離れているときは彼女のことばかり考えてしまう。

──俺に、こんな感情があったなんてな。

甘く疼くような心の機微に苦笑した。

彼女が見る景色を、そのまっすぐな言葉を通して共に感じられることが嬉しい。

安らぎや嬉しさなど、淡々と繰り返される血なまぐさい日々の中でとうに忘れてしまったと思っていたのに。

「一条総督！」

走ってくる隊士の声が聞こえ、ふと視線を上げる。

「こちらは無事に討伐完了いたしました。総督の助太刀を……って、あれ？」

刀を構えたまま駆けてきた隊士だったが、路地の状況を見た瞬間、唖然とした表情を浮かべて立ち止まった。おびただしい数の妖魔が倒れる中、七瀬がたったひとりで立っていたからだ。

「こちらも、いま殲滅《せんめつ》したところだ」

「え、あ、その……総督おひとりで、ですか？」

「ああ。なにを呆けた顔をしている。早く次の路地へ移動するぞ」

「は、はい……」

青ざめながら顔をそらした新人隊士に、嘆息が漏れる。

この隊士は七瀬が半妖であることを知らない。

だが知らなかったとしても、隊士たちが恐怖を感じるのは当たり前だろう。

七瀬の戦いぶりを見た者は皆、口をそろえて『バケモノのようだ』と言う。おぞましいものを見るような目を向けられるのには、いろいろな意味で慣れていた。

――しかし、これはあまりもたないかもしれない。

腹の中でうずまく、言いようのない気持ち悪さに目を閉じる。

妖魔の邪気を取り込みすぎたのが原因だろう。怒り、恐れ、悲しみ、不安、憎しみ――抑えきれないほどの負の感情が、心に広がっていく。

「林田中佐を呼んでくれ」

「中佐をですか？　しかし中佐は今日出かけているはずで――」

「急を要すると、それだけ伝えればわかるはずだ」

七瀬が静かにそう伝えると、新人隊士は口をつぐんで敬礼をした。

今日は、任務の合間に彼女の顔を見に行く暇はないだろう。

それでも、夜明けまでには帰れるだろうか。

「……帰れたとしても、当分会えないだろうな」

遠くの方から聞こえてくる妖魔のうなり声に刀を構え直した七瀬は、そのまま自分の感情ごと押し殺すように低く息を吐き出した。

◇

「はぁ……」

夜空に浮かんだ月を眺めながら、本日何度目かのため息をつく。

七瀬が千紗の前に姿を現わさなくなってからしばらく経った。

千紗が今着ている友禅は、以前七瀬から贈ってもらったものだ。思いきって久方ぶりにまとってみたはいいものの、七瀬に会えない寂しさはまぎらわせなかった。

もしかして、知らないうちになにか失態を犯してしまったのだろうか。

それで呆れて、顔を見せなくなってしまったのだろうか。

一瞬、悪い想像が頭をよぎるが、すぐに打ち消した。七瀬は、もし千紗がなにかしでかしていたとしても、無言のまま姿を見せなくなるような人じゃないと思ったからだ。

――まさか任務で負傷したとかじゃ……。

そうだ、どうして最初にその可能性を考えなかったのだろう。数日前に見たときですらあんなに根を詰めた様子だったのだ、身体を壊していてもなんらおかしくない。

「そんなところでなにをしているんですか」

「！」

急に聞こえてきた声に振り返ると、縁側の向こうから南雲が歩いてくるのが見えた。

いつもの軍服姿ではなく、詰襟シャツに袴《はかま》を合わせたモダンなスタイルである。

屋敷内で南雲から声をかけられるなんて珍しい。不意をつかれた千紗が戸惑っていると、南雲は一定の距離を保ったまま口を開いた。

「一条総督はしばらくあなたの元へ来られません」

「……え？」

「今日はそれだけお伝えしに来ました」

能面のような顔ではっきりとそう言い切った南雲。

千紗の方を見ようともせず、そのまま踵を返した南雲を慌てて止める。

「あ、あの……っ！」

「なんですか」

一応立ち止まってはくれたものの、南雲はこちらに振り返ってくれない。

どうしたのだろう。南雲はいつも千紗に冷たいが、今日は一段と苛立っている気がする。

「な、なにかあったのでしょうか。七瀬さんは今どちらにいらっしゃるのですか？」

南雲の雰囲気に怯えながら問いかけると、憤りが混じったため息が返ってきた。

「総督は数日前からこの屋敷に戻っています」

「この屋敷に？　でも――」

七瀬が帰宅したという報告は聞いていない。そもそもここ数日、一条家の門は閉じたまま開かれていないのだ。千紗が知らないうちに七瀬が帰ってきたとは考えづらい。

「私たち隊士も他の使用人も、屋敷にいることは知っていても総督の正確な居場所までは知らされていません。総督は今、普通の状態じゃないので」

「どういうことですか……？」

言われていることの意味がわからず、困惑する千紗。

「……とぼけないでください」

キッと振り返った南雲が、怒気の孕《はら》んだ声で千紗に詰め寄った。

「すべてあなたのせいでしょう。あなたが神通力を出し渋り、贅沢《ぜいたく》にぬくぬく過ごしている間に、総督は妖魔の邪気にのまれてしまったんですから」

静かな怒号をぶつけられ、身体が硬直する。

相当憤っているのだろう、いつも淡々としていた南雲がこんなに感情を露わにするのは初めてだった。

「私の、せい……？」

「あなたは総督が半妖であると聞かされていたんですよね。邪気を取り込みすぎると身体が妖化してしまうということは知らなかったんですか？　神通力があればその妖化を止められることは？」

――身体が、妖化……。

たしかに七瀬の特性については本人の口から聞いていた。しかしどういった規則性で妖化するのか、千紗の神通力がどんなふうに役立つのかまでは聞かされていない。

青ざめた千紗がふるふると頭を振ると、南雲は目を伏せたまま口を開いた。

「身体の一部が妖化することはこれまでにも何度かありました。しかし、最近の総督は規定量以上の邪気に身をさらしていた。それはあなたを護るため……あなたがいる場所に妖魔を行かせないよう、ずっと刀を振るっていたからです」

——私を護るために？

頭が真っ白になった。七瀬がろくに休まず任務へ出立していたのは、千紗のためだったのだ。

「七瀬さんは、今どうなっているのですか」

南雲に怯えることも忘れ、すがるように問いかける。

そんな千紗に、南雲はやり切れなさの混じったまなざしを落とした。そこには七瀬を思う南雲の気持ちが痛いほど表れている。

「総督は今、体内の邪気が暴発して全身が妖化した状態です。このまま邪気の暴発を制御できなければ、自ら命を絶ってしまうでしょうね」

「……命を絶つ？」

「そういう契約を殿下と結んでいるんです」

あまりに恐ろしいその言葉に、全身の血の気が引いていくのがわかった。

自分のせいだ。自分がいつまでも神通力を発現できずにいたから、七瀬をそこまで追い詰めてしまったのだ。

——このままじゃ、七瀬さんを失ってしまうかもしれない。

想像しただけで、耐えがたい恐怖が千紗を襲う。

身体から力が抜けそうになるのをなんとかこらえながら、千紗は背筋を伸ばして南雲に向き直った。

「七瀬さんを捜しに行きます」

「は？」

「七瀬さんは、このお屋敷のどこかにいるんですよね」

襟を正して歩き出そうとした千紗を、南雲が引き留める。

「待ってください、そんなに震えておきながらなにができるというんですか。総督は今、普通の状態じゃないんですよ。物理的に傷つけられる可能性だって十分ありえるんです」

南雲の言っていることはもっともだ。それでも、浮かんできた答えはひとつだけだった。

「傷つくことも覚悟の上です。でも私は……七瀬さんのそばにいると、約束したので」

もし七瀬が苦しんでいるのなら、手を取ってあげたい。

恐ろしい夢を見ているのなら、目覚めるまでそばにいたい。

共に朝日を見たあの日、孤独を押し殺すように笑みを見せた七瀬を、放っておくことなんてできなかった。

強い意志を持って答えた千紗を見て、ハッとしたように目を見開いた南雲。そのまま南雲は、くしゃりと前髪をかき上げた。

「……わかりました。なにかあったら私の名前を呼んでください」

「林田さんの名前をですか？」

「すぐに飛んでいくので。あなたのためではなく一条総督のためです」

南雲は、最後まで『行くな』とも『行け』とも言わなかった。

それが上官である七瀬を慮《おもんばか》ってのことなのか、南雲の意志なのかはわからない。

しかしきっと、千紗の判断を尊重してくれたのだろう。

そんな南雲を安心させるように、千紗は深くうなずいた。


「……ここにもいない」

縁側で南雲と別れた千紗は、さっそく七瀬を捜し始めた。

しかし、書斎にも自室にも彼の姿は見当たらない。

静かな夜がはびこる七瀬の自室で、千紗はゆっくりと息を吐き出した。焦る気持ちを抑えるためだ。

すると、障子のすき間から差し込んだ白い月明かりが、細くたなびいて千紗の足元を照らす。その光に誘われるように障子を開けると、いつか見た中庭が姿を現した。

どうやら、ここからそのまま外へ出られるようだ。

当然、外へ出るための下駄は持ってきていない。それでも千紗は迷わず、足袋のまま石畳の上へ降り立った。

ひんやりとした感触が足裏を襲い、冬の匂いが鼻を刺す。

その瞬間、どくんと心臓が鳴るのがわかった。

――どうしてかしら……私、ここからどう進めばいいか知っている気がする。

目の前が白んだようにかすみ、脳裏に浮かんできたのは、この場所から行くことができる裏庭までの道順だった。

その場所へ行ったこともなければ、七瀬から行き方を聞いたこともない。

それでも千紗の足は、なにかに導かれるようにして石畳の上を進んだ。

中庭の奥、竹垣の間に造られた扉を押し開け、椿が植えられた小道を歩く。そのまましばらく進むと、ほどなくしてひらけた場所へ抜け出た。

雪が降り積もった大木の下、寂れた茶室がぽつんと建っている。

その入り口へ向かおうとして、視界に入ってきた光景に息をのんだ。

雲間から漏れた青白い月明かりが、目の前に立っている人物の輪郭をはっきりと照らし出したからだ。

「七瀬さん……？」

そう呼ぶと、ゆっくりとこちらへ顔を向けた七瀬の目が立ちすくんだ千紗の姿を捉えた。

身体を覆う薄黒いモヤに、真っ赤な双眸《そうぼう》。そして長く伸びた白髪。七瀬の全身に現れたその特徴は、もはや過去に見た腕だけの妖化とは程度が違う。

屋敷中どこを捜してもいなかった七瀬は〝妖魔〟の姿をしてそこに立っていた。

――これが、人間の姿から全身が妖化するということ。

どくどくと、千紗の中に流れる血が沸き立っているのがわかった。

目の前に立っている七瀬は人間なのだろうか、妖魔なのだろうか。

それすらわからないのに、千紗は静かにこちらを見つめる七瀬から目をそむけることができない。

「七瀬さん」

やっとのことで千紗はもう一度その名前を呼ぶ。

そしてわずかな静寂が生まれた。

その沈黙は七瀬の淡々とした声色によって破られる。

「……どうしてここに来たんだ。誰から聞いた？」

「林田さんからすべてをお聞きしました。妖魔の邪気を取り込みすぎると、七瀬さんは妖化してしまうのだと」

七瀬はなにも答えない。まとう雰囲気も、まなざしも、千紗を拒んでいることが箇単にわかってしまうほど冷たく凍りついている。この間まではまるで別人だ。

「苦しい、ですよね」

千紗の言葉に、一瞬だけ七瀬の瞳が見開かれた。

普通、妖魔の邪気を身体に取り込みすぎた人間は数刻と持たず死に至る。それもただ死を迎えるだけではない。喜びや嬉しさなどの幸せな感情をすべて失い、廃人のような状態になってやっと命が尽きるのだ。

――身体の中にそんな邪気があふれているなんて、どんなに辛く苦しいことだろう。ましてやその苦しみにずっと耐えなければいけないなんて。

七瀬の苦痛を想像し、顔をしかめる。そして千紗が、彼に近づこうとした瞬間――。

「それ以上、近寄るな」

「――っ！」

強い口調で止められ、びくりと肩が震える。

それでも、千紗はためらうことなく七瀬の元へ歩み出た。

手を伸ばせば触れられそうな距離まで近づいた千紗に、くっと顔を歪めた七瀬。

「近寄るなと言っただろう」

「どうしてですか」

「今の俺は人ではない。前にお前を襲った妖魔と、同じ見た目のバケモノだ。接触すれば、恐ろしい過去を思い出させてしまうかもしれない」

七瀬の声が、苦しげに揺れる。

「だから、どうか離れてくれ。千紗を傷つけたくない。お前が大切なんだ」

そう続けて眉を下げた七瀬に、ハッと息をのむ。

――ああ、この人はまぎれもなく七瀬さんだ。

見た目なんて関係ない。妖魔か人間か、なんてどうだっていい。

目の前に立つこの人は、自身が苦しんでいてもなお、こうして千紗に心を砕いてくれている。全身で感じるこの優しさは、千紗がよく知る七瀬そのものだった。

「七瀬さん」

再びその名を呼ぶと、温かな涙があふれた。

今までどんな気持ちで月を眺めていたのだろう。こんなに寒くて寂しい場所でひとりきり、なにを思っていたのだろうか。

「こんな姿になることを今まで黙っていてすまなかった。俺が恐ろしければ、屋敷を出ていっても構わない」

「え……？」

「もちろん、千紗がこの先、何不自由なく生きていけるだけの支援はする」

泣いてしまった千紗を見て、七瀬の姿を恐れていると思ったのだろう。苦しげに謝った七瀬に、首を思いきり横に振る。そのまま千紗は自身の頬に伝う涙をぬぐった。

「恐ろしいわけがありません」

「なぜそう言える。この姿が見えるだろう？　俺は、その気になれば人の命を一瞬で奪えるんだ」

「でも、七瀬さんはそれをしないでしょう」

千紗がそう返すと、七瀬の目が薄く見開かれるのがわかった。

そっと手を伸ばし、七瀬の手を握る。

拒まれることはなかった。氷のように冷たい七瀬の指先に、ぎゅっと胸が締めつけられる。

「あなたが半妖でも、人間でも、たとえ妖魔であったとしても、私には関係ありません。七瀬さんは七瀬さんです。ここにいるのは強くて優しい七瀬さんのままです」

握りしめた七瀬の指先が、先端からほのかにぬくもりを取り戻していく。

七瀬はなにも言わず、ただ驚いたように千紗を見つめていた。

「お願いです、どうかひとりで耐えないでください。なんでもするので、私をおそばに置いてください」

そう言って七瀬の胸に飛び込み、冷えきったその体躯《たいく》を全身で抱きしめる。

「な、んで……」

「私は七瀬さんのお役に立てるような人間じゃありません。ただ……凍えるような寒さの中でもこうしていれば温かくなります。そう、七瀬さんが教えてくれました」

七瀬を失いたくない。それ以上に、あなたは決してひとりではないということを、言葉で、体温で、千紗のすべてを使って伝えたかった。いつか、七瀬が千紗にそうしてくれたように。

「千紗」

噛みしめるようにして千紗の名を呼んだ七瀬の手が、背中に回る。ほんの少し震えて聞こえた小さな声に、思わず顔を上げた。

抱きしめ合った身体が離れたそのとき、強い風がふたりの間に吹き込んだ。

瞬きをする間もなく、千紗の左目を隠していた面布がめくれ上がる。

互いの目と目が合った刹那、千紗は時間が止まったように感じた。

とっさに浮かんだのは、隠し続けた妖痕を七瀬に見られた恐怖でも羞恥でもなかった。

――前にも、こんなことがあったような気がする。

ずくんと頭が痛み、不思議な懐かしさが千紗の心を占めていく。

その瞬間、目がくらむほどの閃光《せんこう》が千紗たちを覆った。

その青白い光は千紗の身体からあふれており、やがて柔らかな羽衣のように形を変える。

光に包まれた七瀬の姿がだんだんと変わっていくのがわかった。長かった白髪は縮んで艶やかな黒髪に変わり、鋭い妖魔の爪は形がいいものに戻る。血が滴るような赤目も、元の美しい朝焼け色になった。

ほう、と白い息を吐き出したとき、目の前に立つ七瀬は人間の姿に戻っていた。

淡い羽衣の膜がしゅわりと弾けるようにして空気に消えていく。

「七瀬さん、姿が元に……今の光ってまさか、退魔の神通力……？」

千紗が呟くと、ゆっくりとうなずいた七瀬が口を開く。

「ああ、お前の光が心の中まで入り込んでくるのがわかった」

「もう、苦しくないですか？」

「……苦しくない」

「痛いところもないですか？」

「大丈夫だ」

こちらに目線を合わせてそう言った七瀬に、再び涙があふれていく。

「よ、かった……よかったです」

七瀬が死んでしまうのではないかという恐怖から解放された千紗は、へなへなとその場に倒れ込んだ。膝が地面につくその瞬間、七瀬が千紗を抱きとめる。

「大丈夫か？」

「す、すみません……なんだか力が抜けてしまって」

焦って立ち上がろうとするが、一度ゆるんでしまった筋肉はなかなか元に戻らない。

手のひらを使って涙をぬぐいながら泣き続ける千紗を、七瀬はそっと抱き寄せた。

「……ありがとう。千紗の光が、俺を救ってくれた」

七瀬の低い声が、耳元で響く。先ほどとは違う、柔らかなぬくもりが千紗の全身を包み込んだ。

――温かい。よかった、本当に元に戻ったのね。

安堵感から目を閉じてすり寄れば、一瞬、七瀬の腕がこわばるのがわかった。

「お前は、まったく……これが無意識だとしたら恐ろしいな」

「え？」

「千紗が愛おしい。愛おしくて、どうにかなってしまいそうなくらいに」

――愛おしい？

掠《かす》れた声でため息がちに呟かれた言葉を、頭の中で繰り返す。

その意味を理解すると同時に、ぼっと顔が赤くなった。

「あ、あの……」

耳まで赤く染まった千紗が声を絞り出そうとしたそのとき、七瀬がそっと身体を離した。そのまま、ぬくもりを失ってぽかんとする千紗の髪を撫でる。

「悪い、強く抱きしめすぎた」

「七瀬さん、私――」

「すまない、痛かっただろう」

そう続けて七瀬は微笑んだ。

切なく揺れる七瀬の瞳に、なぜか立ち入ることのできない壁を感じて押し黙る。

どうして七瀬が千紗の言葉を止めたのか、理由を聞くことはできなかった。

「……それにしても、妖化した身体がこんなに早く復元するなんてな」

人間の姿に戻ったことを確かめるように、手先を何度か開閉させた七瀬が言う。

「全身が妖化してしまうと、しばらくそのままなのですか？」

「ああ。こんなふうになるのは稀《まれ》だが、だいたい一週間程度は元に戻らない。だからいつもこの場所で、ひとり過ごしていた」

「いつも、ひとりで……」

七瀬がどこにいるのか、隊士や他の使用人すら知らないと南雲は言っていた。きっと幾度となく、ひとりで苦しみに耐える夜を過ごしてきたのだろう。

「神通力があれば、七瀬さんに流れる妖魔の血を丸ごと浄化できるのでしょうか」

退魔の神通力は妖魔の邪気を浄化できる。それなら、邪気を取り込むたびに苦しみ続ける七瀬を救えるのではないだろうか。

期待を込めて七瀬を見上げた千紗だったが、静かに否定される。

「いや、浄化できるのはあくまで邪気のみだ。妖魔の血液ごと清められるわけではない」

「そう、なんですね……」

「そんなに悲しい顔をしないでくれ。お前の光が俺を救ったことはたしかなんだから」

優しく頬をゆるめた七瀬が、再び千紗の髪を梳いた。

雰囲気の変化もそうだが、苦しげに歪んでいた表情が和らいでいることに気づきホッとする。

すると、七瀬の方もなにかに気づいた様子で怪訝な顔をした。

「どうして下駄をはいていないんだ」

「あっ、すみません、外履きを持ってきていなくて」

「風邪をひくぞ」

「大丈夫です。全然寒くないの、で……ひゃっ！」

言い終わる前に、ふわりと抱え上げられる。急に高くなった目線に小さな悲鳴をあげると、七瀬がふっと笑うのがわかった。

「よし、このまま戻ろう」

満足そうに千紗の背を撫でた七瀬が、そのまま歩き出す。

「ま、待ってください、重くないのですか……!?」

「いや？　羽のように軽いな」

「そんな、できれば降ろしていただけると……」

「断る。千紗はもっと自分を大切にしてくれ。それに俺もこうしてる方が温かいんだ」

「うぅ……」

反抗できる手札を失い、うなだれる千紗。

七瀬の顔は見えないが、きっと余裕げな表情を浮かべているに違いない。

「そういえば、どうしてこの場所がわかったんだ？」

「それは……私もよくわからないんです。ただ、勝手に足が動いたというか、どういうわけか、この裏庭までの道順を覚えていて」

今思えば、とても不思議な感覚だった。まるで脳裏に染みついているがごとく足が勝手に動き、気づくとこの場所へたどり着いていたのだ。

そして千紗はなぜか、ここに来れば七瀬がいると確信していた。

「もしかして、思い出したのか？」

七瀬が放心したように問う。

「思い出した……？」

なにを問われているのかわからずそう返すと、ハッとしたように表情を戻した七瀬が「いや」と言い淀んだ。そして、背中に回った七瀬の手に力がこもる。

間近に感じる好きな人のぬくもりと、安心感を覚える香りに、とくん、とくんと鼓動が速まっていく。

ふと視線を落とせば、地面に黄色い水仙が揺れているのが見えた。

ゆらりゆらりと夜風にたなびく花びらを目で追ううち、心に暗雲が広がっていく。

──ようやく力が開花したのに、どうしてこんな気持ちになるのだろう。

自問自答するように考えて、ようやく気がつく。神通力の発現はたしかに待ち望んだ希望であるが、そこには静かな絶望も寄り添っているのだということに。

ほとんど奇跡のような現象だったため、肝心な実感が掴めていないからだ。

七瀬の力になれる機会がようやく訪れたかもしれないのに、これがただのまぐれであったなら？　そうしたら、千紗は本当にただの役立たずになってしまう。

そう考えるだけで、どうしようもないほど恐ろしい気持ちになるのだった。

（五）兆し

下弦の月が空に浮かんでいた。

静かな時間が流れる座敷の中心で、苦しげな喘鳴《ぜんめい》が鳴り響く。

「──っ、はあ、はあ……」

震える身体を落ち着かせるように深呼吸し、千紗はぎゅっと手のひらを握りしめた。

全身から冷や汗が噴き出し、ばくばくと心臓が鳴っていた。

これで十回連続、自分で面布を外すことに失敗してしまった。

──どうして、できないの。紐を引っ張って、布を外すだけなのに。

全身が妖化した七瀬と初めて対峙したあの夜。

不思議な光に包まれながら七瀬の妖化が解かれたとき、千紗は両眼で彼を見つめていた。そして、七瀬を死なせないために力を発現させたいと強く願っていた。

そのことがよみがえり、ふと思いついたのだ。封じられた退魔の神通力を解放するには、この面布を自らの意志で外すことが条件なのではないかと。

それなのに、千紗はどうしても面布を外せなかった。自ら外そうとすればするほど、どこからともなく声が聞こえてくるのである。

『おぞましいバケモノ』

『素顔をさらしたお前など誰も愛さない』

『なんて醜い』

それは美華の声でもあり、父親の声でもあった。

呪いのように響く声は鎖となって千紗の心を縛りつけ、そのうち息ができないほど苦しくなった。

退魔の神通力は、半妖である七瀬を救う手立てとなる。それにもかかわらず面布すら自力で外せない自分自身に、ほとほと嫌気がさした。

そもそも、どうして七瀬は千紗の力を無理に求めないのだろう。妖化してしまったとき、七瀬はなにも言わずにひとりで身を隠した。そもそもこれは千紗の力を目的とした結婚なのだから、七瀬には無理やりにでも千紗から力を奪う権利があるはずなのだ。

それなのに彼は、出会ってから一度もそんなそぶりを見せていない。妖魔の血に苦しめられている七瀬が一番、神通力を欲しているはずなのに。

そのとき、襖の向こうからカタンと音が鳴った。

思わず振り返ると、ひんやりとした冷気が足元に届く。

「千紗、まだ起きてるか？」

七瀬の声だ。そう気づき、ピクッと身体が震えた。

面布を外そうとしていたことを悟られれば、きっと心配させてしまう。

そう思った千紗は、面布の下で、ぐいっと表情筋を持ち上げた。

「はい、起きております」

「入ってもいいか」

数秒の間をおいて、そう尋ねられる。

千紗が「はい」と答えると、ゆっくりと襖が開かれ七瀬が中へ入ってきた。

寝衣の上から羽織ったショールの合わせを握りしめる千紗を見て、七瀬はかすかに眉をひそめた。そして千紗のそばへ近づくと、そっと腰を下ろす。

「顔色が悪いな。大丈夫か？」

「だ、大丈夫です」

ごまかすように返し、ちらりと七瀬を見上げた。

「あの、七瀬さんはどうしてこちらに？」

「苦しげな声が襖から漏れ出ていた」

ショールの合わせ目に手を伸ばし、七瀬が千紗を見据える。

苦しげな声、という言葉にハッとして、後ろめたさのような思いが胸に広がった。

「すみません、聞こえていたとは気づかず……」

「なにをしていたのか教えてくれるか？」

「はい……面布を、自分で外そうとしていたんです」

千紗が申し訳なさそうにうなだれると、七瀬の眉間に刻まれたシワが深くなった。

「どうして？」

「封じられた月守の力を解放するには、面布を外すことが鍵になっているのかもしれないと思ったのです。でも、どうしても自分では外せなくて」

七瀬の顔は見られなかった。常夜灯の薄明かりが軍服姿の七瀬を照らしている。少し視線を落とすと、帝の紋章が刻まれた軍刀が目についた。

そのときふいに頭をよぎったのは、強制的に面布を外すたった**ひとつの方法**だった。

——七瀬さんにこんなことを頼んではいけない。駄目だと、わかっているのに。

ふるりと震えた身体が、あとに引けない千紗を後押しする。

「七瀬さん、刀をお貸しいただけないでしょうか」

「刀……？　なにをするつもりだ？」

七瀬の声に困惑の色が混じる。

「刃物を握っていればきっと、無理に面布を外したとしても失神せずにすみます。なので……面布を外すまでの間、私の身体を押さえつけておいてほしいのです」

神通力を発現させるため、有馬家で折檻を受けていた千紗はそのたびに気絶してしまっていた。しかし逃げ場をなくした上に、肌を切るほどの痛みがあれば、意識を失う恐れはないはずだ。

それは千紗が決死の思いで導き出した方法だった。

「な、にを……っ」

唖然とした七瀬が、声を荒らげる。そして一瞬の間も置かずに強く抱きすくめられた。

「刀でお前の肌を傷つけるなんてできるはずないだろう、間違ってもそんなことを言うな……！」

「っ、でも」

「でもじゃない。急にどうしたというんだ、なにがあった」

千紗を抱きしめたまま、苦しげに声を揺らす七瀬。

「め、面布を外さないと、私はなにもできない役立たずのままです。そうしたら――」

言いかけた先が途切れ、涙があふれる。

自分の中に生まれた底知れない恐怖が、言葉となってこぼれてしまう。

伝えたところで、七瀬を困らせてしまうだけだ。しかしもう歯止めがきかなかった。

「そうしたら……いつか七瀬さんを失ってしまうかもしれません。それが怖いんです。七瀬さん、いなくならないでください」

「千紗」

「七瀬さんが死ぬのは怖いです。私を、ひとりにしないでください」

ああ、こぼれてしまったと、そう思った。

千紗にとって七瀬が死んでしまうことは、自分の命を失うより恐ろしい。その恐怖に比べたら、刀で肌を傷つけられる痛みくらいなんでもないのだ。

ガタガタと震えながら涙を落とす千紗。

すると息をのんだ七瀬が、腕の力を強めた。

「俺が千紗を置いていなくなるはずないだろう？」

掠れて聞こえた痛切な声色に、顔を上げる。

「だから無理に封印を解こうと頑張るのはよせ。面布を外すこともそうだ」

「で、でも、それじゃ七瀬さんが……」

「心配しなくても俺は死なない。それに俺は千紗に苦しい思いをさせてまで神通力の恩恵を得たいとは思っていない」

なぜですか、と言いかけて止まる。背中に回った七瀬の腕が細かく震えていることに気がついたからだ。

抱きしめられていた身体がそっと離れる。なにも言うことができなくなった千紗を見据えた七瀬の瞳が切なく揺れた。

「俺が望んでいるのは、お前が幸せに生きてくれることだけだ。それさえ叶《かな》うなら、あとはなにも望まない」

こいねがうように手を握られ、ほろりと涙が落ちた。

──こんなに心を尽くしてくれている七瀬さんに、なんて馬鹿なことを言ってしまったんだろう。

間近に感じる七瀬の体温に胸が締めつけられながらも、千紗は頭を下げた。

「申し訳ありませんでした……」

「俺の方こそすまない。千紗がこんなに思いつめていたとは知らなかった」

そう返した七瀬が千紗の髪を梳いた。

しゅる、と指先で毛先をすくわれ「ひゃっ」と小さな声が出る。

「髪が冷たいな」

「そう、でしょうか？　あ……さっきまで障子を少し開けていたせいかもしれません」

「あまり夜風に身をさらしては駄目だ。そういえば、千紗は下駄を履かずに外へ出ていたこともあったな？」

千紗の足元に目をやる七瀬。そのまなざしは優しいままだったが、昨日のことを咎《とが》められているのだと気づいた千紗は慌ててショールで全身を隠した。

「だっ、大丈夫です。こうしていれば寒さなんて感じないので」

「そんなものが本当に効くかな」

ふっと頬をゆるめた七瀬が、千紗を見つめる。

「千紗、寝床を一緒にするか？」

「へっ？」

「普通、夫婦というものは朝晩を共にするものだろう」

「そう……なのでしょうか？」

果たして自分たちの関係は世間一般でいう〝普通の夫婦〟に当てはまるのだろうかと思いながらも、七瀬と寝床を共にすることを想像した。

――寝るときも起きるときも七瀬さんが隣にいる、だなんて……。

布団に横になったまま互いに顔を合わせるところまで思い浮かべ、慌てて止める。

考えただけでも恥ずかしくてたまらない気持ちになるのに、世の中の夫婦はどうやってその恥ずかしさを乗り越えているのだろう。

しかし、それが妻としての務めだというのなら受け入れない理由はなかった。

「そ、そういった知識はあまり身につけてこなかったのですが、お役目を全うできるように頑張ります」

「ん？　役目を全う？」

「はい、普通の淑女は花嫁修業で、ね、閨《ねや》ごとの勉強もすると聞いたことがあるんですけど、恥ずかしながら私はそういう指導を受けていなくて……。でも覚悟はできておりますので」

「ね、やご……」

最後まで言い切らないまま、七瀬の語尾が詰まる。

千紗がしどろもどろになっている理由を理解した七瀬は、いろいろな感情をのみ込むように深く息を吐き出した。

「……そういう意味で言ったんじゃない。いや、気がないと言えば嘘になるが、とにかくそんな覚悟はしなくていい」

「え……」

ぽかんとした千紗に、咳払《せきばら》いをした七瀬。気のせいだろうか、珍しくどこか焦っているようにも見える。

「一緒の座敷で寝た方がいいかと思ったんだ。俺は任務のせいで夜が遅くなる日もあるから今まで別室にしていたが、一緒にいれば都合がいいことも多いからな」

「都合がいいこと、ですか？」

「なにかあったとき、すぐにお前を護ることができるだろう。思い悩んで苦しげな声をあげていたとしてもすぐ背中をさすってやれる」

七瀬の言葉には、切実な思いがにじんでいた。

握られたままの手のひらに力を込めながら、千紗はあらためて先ほどの発言を後悔する。七瀬にこんな顔をさせてしまうなんて、本当に愚かだった。

涙が出そうになるのをこらえながら、こくこくとうなずいた千紗に、七瀬は小さく息をついた。

「座敷はまた別に用意する。それと話は変わるが、よければ週末にでも一緒に東都の中心街へ行かないか？」

沈んだ空気を和らげるように、七瀬が明るい声を出す。

「中心街ですか？」

「ずっと家にこもってばかりだと気が滅入るだろう」

そう言って、優しくこちらを見た七瀬に目を瞬いた。

帝國で一、二を争う大都市である東都の中心街なんて、どんなに素敵なことだろう。

「私がご一緒してもいいんでしょうか？」

「俺が千紗と一緒に行きたいんだ」

「っ、すごく楽しみです。なにを着ていくか、今から考えないとですね」

七瀬の思いやりを感じ取った千紗は、心の中に残る暗雲を振り払うように笑顔を作った。

◇

「呼び出された理由はわかっているか」

「……いえ」

七瀬の前で敬礼をした南雲が、声を固くさせた。

ここは東都にある帝國近衛軍司令部。軍の本拠地として、東西南北に配置された部隊を指揮するための施設だ。七瀬たちは主に軍議の場として使用している。

しかし軍の司令部といっても飾り気があるわけではない。七瀬が今いる指令室なんて、むしろそこらの屋敷より殺風景だ。赤いカーペットが敷かれた広い空間に、書斎机がふたつ向かい合うように置かれている。

周りに並ぶのは、各地からかき集めた甲冑《かっちゅう》や刀の数々。この悪趣味な内装は前総督の趣味らしい。

「どうして千紗に神通力の発現を強要した。納得がいく説明をしろ」

面前にある書類に目を落としながら、南雲に言葉を放つ。なるべく感情を抑えたつもりではあったが、隠しきれない憤りがにじんでしまった。

一瞬、面食らったように動きを止めた南雲が口を開く。

「それは……そうでもしないと一条総督の軍務に支障が出ると判断しました。私からすると、彼女は花嫁という地位に甘んじているように見えましたので」

南雲の言葉に手が止まる。

「甘んじているだと？」

「総督の苦労も知らずに上質な着物を身にまとい、護衛に囲まれながら何不自由ない暮らしを謳歌《おうか》していたでしょう」

「はっ……もし本当にそう見えていたのだとしたら、お前の目はとんだ節穴だな」

思わず乾いた笑いがこぼれる。そして、意味がわからないと言わんばかりに眉をひそめた南雲を見据えた。

「千紗の着物は俺が贈った。それでも彼女は、今でも元の家から持ってきた小紋を普段着にしている。屋敷内で千紗を避けていたお前は知らないだろうがな」

一条家で過ごす千紗はいつも自分で繕った小紋を着て、一生懸命誰かの役に立つことを見つけていた。それは家事だったり、女中との刺繍だったり、さまざまだ。決して飾らない健気な千紗だからこそ、女中たちも彼女に懐いているのだろう。

少し顔色を変えた南雲に向かって七瀬は続ける。

「昨日、千紗は俺の刀を貸してほしいと頼んできた。面布を無理やり外しても失神しないように、刀で自身の肌を傷つけようとしたんだ」

南雲の目が見開かれる。

「な……なぜ、そんなことを」

「そうすることでしか生きられなかったからだ。周りから虐げられ、踏みにじられ、力が使えなければ生きている価値すらないと、死を願われ続けた者の気持ちがお前にわかるか」

呆然とした南雲が、息をのむ。

「千紗がどんな気持ちで刀を貸してほしいと頼んできたか、少しは考えてみろ」

そう続けた七瀬は、座敷から漏れ出していた苦しげな喘鳴を思い出した。

千紗は、面布を外そうと何度も何度も努力しているようだった。七瀬の全身が妖化し、千紗の力が一瞬だけ開花したあの夜からである。

黙って見ていることに耐えきれなくなった七瀬が座敷を訪ねたのが、昨日の夜更けだ。

血の気を失った顔をして七瀬を迎え入れた千紗は、そのまま唇を震わせながら『身体を押さえつけておいてほしい』と懇願してきた。

まだ年若い少女が鋭い軍刀で肌を傷つけようとするなど、並大抵の覚悟じゃないはずだ。たまらない気持ちになった七瀬は瞬時にその華奢《きゃしゃ》な身体を抱きしめた。

そうして、千紗の覚悟が七瀬を死なせないために生まれたものであったと知ったのだ。

「そんな……私はてっきり、彼女が総督の好意に甘えて怠けているとばかり……」

七瀬の話を聞いてようやく誤解が解けたのか、ふらふらと力なく椅子に腰かけた南雲。顔面蒼白《そうはく》の南雲を見て、七瀬は深いため息をついた。

「少しは柔軟に考えろ。そうじゃないと俺は千紗を害するお前を斬らなければいけなくなる」

「……申し訳ありません、私の判断ミスでした」

このまま自身の首を差し出しそうな勢いの南雲を退けるため、七瀬は指先を扉に向けた。

「もういい、下がれ」

「お、お待ちください、ひとつだけお尋ねしてもいいでしょうか」

被せるように立ち上がった南雲に、動きを止める。

「なんだ」

「一条総督は、どうして千紗さんに本当のことを伝えないのですか？」

「なにが言いたい？」

「過去のことです。総督と千紗さんは、過去に一度出会っているんですよね」

静まり返った司令部に、南雲の張り詰めた声だけが響いた。

「過去、か」

——千紗との過去。何度も追憶したあの日々が、今でも鮮明によみがえってくる。

一条七瀬は、生まれた頃からバケモノと呼ばれる存在だった。

一条の血族であった母が妖魔に襲われ、そのまま身ごもった禁忌の子。それが七瀬である。

父は存在せず、妖魔との間に子を成してしまった哀れな母親は七瀬を置いて姿をくらませた。あとに残った七瀬もまた、存在してはいけないものとして秘密裏に処分されるはずだった。

しかし、そんな七瀬に目をつけた人物がいた。帝國近衛軍を統括する東宮である。

東宮は妖魔の血を継ぐ七瀬を〝バケモノを倒す刀〟として利用した。毒を以て毒を制す、そのように考えたのだろう。

おぞましい力を持った七瀬に心は必要ない。ただ妖魔を倒すだけの道具として、己の邪気を制御できなくなった暁には自ら命を絶つ。そういう契約を結び、死んだように生きてきた。

そんな日々がずっと続くと思っていた矢先、七瀬の人生を変えるひとりの少女と出会った。

それが千紗である。

――だが今となってはそんな過去など、ささいなことだ。

追憶を終わらせるようにきつく目を閉じた七瀬は、南雲に向かって口を開いた。

「俺が話さずとも、千紗は記憶を取り戻しつつある」

七瀬がそう告げると、南雲は驚いたような顔をした。

千紗が記憶を断片的に取り戻しているかのような兆候はこれまでにもいくつかあった。決定的になったのは、七瀬が妖化した夜だ。再会してから話していないはずの裏庭の場所を、千紗はひとりで突き止めた。

「じゃあ、なおさらどうして追及しないのですか」

南雲の声に困惑の色がにじむ。

「無理に思い出させるつもりはない。わざわざ過去の出来事を話して混乱させるくらいなら黙っていた方がいいだろう」

「しかし……話さなければ、総督がどのような思いで彼女を助けたのか伝わらないままじゃないですか。それだと――」

それだとあまりに報われない。

南雲が言い淀んだ言葉の先が聞こえたような気がして嘆息が漏れる。

報われないままでなにが悪いというのだろうか。たしかに、有馬家の中庭で千紗に求婚したのは過去の出会いがきっかけだった。しかし今はそれだけじゃない。幼い頃に芽生えた鮮烈な恋心は、再会してからもなお育まれ、揺るぎない愛情となった。

今の七瀬を突き動かしているのは、千紗に対する想いだけなのだ。

「とにかくこれ以上、千紗に余計な重荷を与えるな。神通力のことも、過去のこともそうだ。俺は千紗の安寧を望んでいるのであって、力を欲しているわけじゃないんだから」

千紗の気持ちをそのまま受け取り、面布を外そうと苦しむ彼女をただ見ていろと言うなら、いっそのこと殺された方がマシなくらいだ。千紗を傷つける可能性が万が一にでもあるのなら、この先も迷わずひとりで苦しむことを選ぶだろう。

しばらくぽかんとしていた南雲が、額に手を当てた。

深いため息が、南雲の腹から吐き出される。

「はぁ……敵いませんね。一条総督は、千紗さんの幸せを護るためなら自分はどうなってもいいって思っているんですか」

思っていない、とは言えなかった。

すると七瀬の無言を肯定と捉えたのか、南雲がため息まじりに続ける。

「そんなの、あまりに自己犠牲がすぎますよ……とても恋愛とは呼べない」

「恋愛か」

「恋愛でしょう」

「片思いだ、俺の」

南雲が小さく息をのんだ。

七瀬がそのまま書きかけの書類に目を戻すと、南雲からそれ以上言葉をかけられることはなかった。

救いようのないバケモノである自分が想い人と本当の意味で結ばれ、恋仲になる未来など、どうして想像できようか。それなのに、千紗はずっとその身を挺して七瀬を受け入れようとしてくれている。その覚悟を感じるたびに彼女をひどく恋しく思い、この胸を占める想いを包み隠さず吐露してしまいそうになった。

――しかし、それではいけない。俺はこれからも、彼女を護る刀であるべきだ。

窓の外では、黒々とした雲が広がってきている。

そのとき、外から低くうなるような雷鳴の音が聞こえた。

雪起こしの雷だ。

近いうちにまた、帝國に冷たい雪が降るのだろう。

◇

週末。東都の中心地、一番街には多くの人が集っていた。

「わぁ……」

初めて降り立った華やかな都に、千紗は感嘆の声をあげた。

綺麗に舗装されたレンガ通りには、洋服を着た若者たちが歩いていた。

アール・ヌーヴォーの装飾が施された建物は、流行りのミルクホールだろうか。軒先から漏れ出た賑やかな声に耳をすましていると、その声を通りかかった馬車の喧騒《けんそう》がかき消した。

洋食が楽しめるという『古月館《こげつかん》』がある通りには冬至梅《とうじばい》の木が植えられており、たわわに咲き誇った梅の薫香がこちらまで香ってくる。

東都では季節ごとに美しい花が咲くことで有名だ。きっと春には綺麗な桜並木が出迎えてくれるのだろう。

「なんて素敵な都なんでしょうか、ここまで大きな街を見たのは生まれて初めてです」

思わず声が弾んでしまう。

千紗が中心街に行くと聞いて自分事のように沸き立った女中たちは、すぐに千紗の着付けを始めた。そこで女中の八重が加賀《かが》小紋に色付きの半襟を合わせた格好を見繕ってくれたのだ。

ちょっと手元を動かせば、袖元からもひらりとしたレースが見える。どうやらこれが巷《ちまた》で流行りの着こなしらしい。

「可愛いな。千紗によく似合っている」

目を細めてこちらを見やった七瀬に、ぽっと頬を染める。

七瀬は普段着の和装姿だったが、いつも使っている軍刀をちゃんと腰に差していた。たとえ非番であっても気を抜かない軍人の鏡だ。

千紗が感心していたそのとき、カランと聞き心地のいい音が横から聞こえた。香具師《やし》が鳴らす客寄せの鐘だ。観客に向かって曲芸を見せたり、小さな屋台で菓子を売ったりしている露店である。

「素敵……」

台の上に並べられた美しい飴細工《あめざいく》を見て、千紗は無意識のうちに声を出していた。するとと横から伸びてきた七瀬の手が一本の飴細工を掴み取る。

「これをひとつくれ」

「まいど！」

露店の店主は、金子《きんす》を差し出した七瀬に快活な返事をした。面前で流れるように商品の受け渡しが終わり、ぱちぱちと目を瞬く。

そんな千紗に笑みをこぼした七瀬が、蝶の飴細工を渡してくれた。

「わ……っ、ありがとうございます！」

「千紗が見ていたのはこの蝶だろう？」

「はい、七瀬さんから贈ってもらった着物の胡蝶に似ているような気がして」

薄い水色の羽を陽光にすかしてみると、キラキラと輝いて見えた。

繊細で美しい飴細工の蝶は、椿の周りで鱗粉を散らすあの胡蝶にそっくりだ。

胸が満ちていくのを感じながら、飴の先端を口に含む。すると優しい甘みが広がった。

「人が多いが、疲れてないか？」

千紗の様子をうかがうように手を引いてくれる七瀬。

「疲れるどころか、とっても楽しいです。まさか自分が東都の中心街へ来られるとは思っていませんでした」

有馬家で暮らしていたときは、基本的に外へ出ることを禁じられていた。奇妙な面布をした妖痕持ちが有馬の養子であると知れたら、什造たちの体裁に関わるからだ。

「……そうか、でも俺は、できれば千紗とふたりになりたい」

「え」

「いいところを知っているんだ」

――いいところ？

ぱちくりと瞬きをする。

すると千紗を見やった七瀬が、小さく微笑んだ。

「足が痛くなったらすぐに言ってくれ」

「わっ」

耳元でささやいた七瀬に肩を抱かれたかと思えば、そのまま前へ押し出され、脚が勝手に駆け始める。

「人波に負けないようにすり抜けるぞ」と続けて千紗の背を柔く押した七瀬。

その表情は、楽しそうにほころんでいた。

――見たことのないお顔だわ。

七瀬の無邪気な横顔を見つめながら、そう思う。

逃避行のごとく東都の街を駆けながら、気づけば千紗も彼と同じように顔をほころばせていた。

人混みの波をいくつかすり抜けた頃、七瀬が足を止める。

目の前には、小高い丘に造られた、火の見やぐらのような高台があった。道にゆるい勾配がついているせいか、その先の光景は見えない。

「この先に、見せたいものがある」

「やぐらの上に行けるんですか？」

「ああ、中央にある建物とは違って昇る手段は階段しかないけどな」

中央には階段以外の昇り方があるのだろうかと疑問に思いながらも、七瀬に手を引かれて上へ昇る。するとほどなくして、やぐらの頂上にたどり着いた。

「綺麗……」

眼前に広がった景色を見て、声がこぼれる。

ここへ来るまで気がつかなかったが、この街自体が他よりも標高の高いところにあるのだろう。頂上で待っていたのは、丘の上から見渡せる東都の街並みだった。

赤いレンガ造りの洋館が立ち並ぶ中心街には、汽笛を鳴らした汽車が走っている。

街の至るところに散りばめられた色は、真冬に咲き誇った花々の彩りだろうか。

子供から老人に至るまで、さまざまな人が路地を行き交っている。みんな梅の木を眺めながら幸せそうな笑顔を浮かべていた。

「上を見てみろ」

そう言った七瀬が指さす方に視線を移すと、空に浮かんだ薄雲が、波打つようにして色づいているのが見えた。上空の高いところで氷の粒がきらめいているのだろう。下にいたときは目に映らなかった綺麗な虹色に、千紗は声も出さずに見とれてしまう。

「お前が言っていた〝虹色にうねりながら輝く空〟とは程遠い光景だが」

「！　もしかして、私がその話をしたからこの場所へ……？」

「今はこれで許してくれ。でもいつか必ず、千紗が望む景色を見せてやる。約束だ」

悠然とした姿で目の前の景色を眺め、千紗に向き直った七瀬。その瞳は、ここではない遠くを見据えているような気がした。

「私は幸せものですね」

鼻の奥がツンと痛み、紡いだ言葉に感情がのった。

「こんなに美しい景色を七瀬さんの隣で見ることができた上に、すごく嬉しい約束をもらっちゃいました」

涙目でそう言って微笑む。

きっとこうして見た光景は、この先もずっと千紗の記憶の中で輝き続けるのだろう。けれど、自分はいつまでこの人の隣にいられるのだろうか。

じわりとまた、卑屈な感情が広がっていく。七瀬と交わす約束は、嬉しさを覚えると同時に恐ろしさを呼び起こすものでもあった。

――いけない、せっかく七瀬さんが街に連れてきてくれたのに。

すぐ後ろ向きになってしまうのは自分の悪いくせだ。暗くなることばかり考えるのはやめよう。

そう思い直して前を向いたとき、ふわりと芳しい香りが鼻腔をくすぐった。

「いい香りがしますね」

「梅の香りだな、下に咲いてるものだろう」

七瀬が、眼下の路地に目線を落とす。

「お花見をしてる街の人たち、みんな幸せそうです」

「そう見えるか？」

「はい、きっと七瀬さんたちが東都を護ってくれているからですね」

寒さに身を震わせながら咲き誇る梅を『美しい』と笑えるのは、心に余裕があるからだ。街を支える安心感は、まぎれもなく帝國近衛軍が築き上げたものだろう。

「護る、か……まだまだ道半ばだけどな」

七瀬が苦笑する。

「東都には妖魔に襲われて親を亡くした孤児や、身を護るすべを持たない人たちがたくさん住んでいる。その人たちの根底にあるのは、恐怖だ」

「恐怖……？」

「いつまた妖魔に襲われるかわからない恐怖、周りから見捨てられるかもしれない恐怖、さまざまだろうが、言いようのない恐ろしさであることは変わらない」

その恐ろしさなら、痛いほどに知っていると千紗は思う。

妖魔を目の前にして感じるのは〝死への恐怖〟のみだ。愛おしさや喜びなんてものはすべて消え去り、あとには寒々とした絶望しか残らない。

「心の中に恐怖や悲しみがある者を本当の意味で救うには、妖魔が現れない世にするしかない。そんな世の中がいつか訪れると信じて、俺たち近衛軍は刀を振るっている」

七瀬がさすった軍刀の鞘が、陽光に照らされて光る。

ふと、七瀬に救ってもらった夜のことを思い出した。

絶望を前に立ちすくむことしかできなかった千紗を、七瀬が助けてくれたこと。そのときに取り戻した小さな光が、今も胸に灯っていること。

きっとそんなふうに七瀬から救われた人が、この帝國にはたくさんいるのだろう。

一番街の中心へ戻ると、先ほどよりも人の波がまばらになっていた。

たくさんの人が集っていた露店も、今では閑古鳥が鳴いている。

「ちょうど昼時だな、食事にしよう。千紗はなにが食べたい？」

懐から懐中時計を取り出した七瀬が口を開く。

「ええっと、洋食にはあまり詳しくないので具体的なものが出てこないのですが……」

「それならいくつか頼んで一緒に食べるか」

「はい」

微笑みながらうなずいて、歩み出そうとしたそのとき——。

「いやあぁ!!」

「！」

突如として鳴り響いた甲高い悲鳴に、千紗たちはそろって動きを止めた。

状況確認をするためとっさに辺りを見回し、刀の鞘に手をかける七瀬。

左手で七瀬にかばわれながらも、千紗は嫌な気配を感じ取っていた。

——焦げついたような匂いがするわ。それに、どこからか見られている気が……。

身を固くしながら後ろを振り返ろうとした瞬間、七瀬によって引き留められる。

「……っ」

「俺の腕の中にいてくれ」

そう言って千紗を抱き寄せた七瀬はそのまま、片手で刀を引き抜いて前に構えた。

「妖魔だ」

耳元で低く響いた七瀬の声に、ぞくりとする。

先ほどまでなんの兆候もなかったのに、こんな中心街に妖魔が出現するなんて。

「路地を曲がったところに一体いるな」

「居場所がわかるのですか？」

「ああ、邪気の匂いがひどい。こちらへ一直線に向かってきているようだ」

被害が出る前に仕留める、と続けた七瀬に、こくこくとうなずく。

すると、聞き覚えのあるおぞましい唸り声が耳に届いた。

――すぐそばに妖魔が来ているんだわ。

身をすくめるだけでは七瀬の邪魔にしかならない。そうわかってはいるのに、どうしても身体の震えが止まらなかった。

「安心しろ、一瞬で終わる」

千紗の怯えが伝わったのだろう、七瀬が優しくささやいた。

その刹那、焦げついたような妖魔の匂いがいっそう強まり――。

不愉快な唸り声に混じって七瀬が息を吐き出す音がした。

顔ごと覆うように七瀬の胸に引き寄せられ、頭上で激しい斬撃音が鳴る。

抱きしめられた腕から見えたのは、牙をむき出しにして襲いかかる妖魔を七瀬の刀がつらぬく瞬間だった。

心臓にある核をひと突きされた妖魔は、断末魔の叫びもあげずに塵となって消えていく。

はらはらと風に舞う紙切れのような残骸を眺めながら、千紗は背筋が凍るのを感じていた。

どうして妖魔はわき目もふらずに千紗たちの元へ向かってきたのだろう。

「千紗、大丈夫か」

身をかがめ、腕の中に収まった千紗を覗き込む七瀬。

その声にうなずいて、どうにか口を開いた。

「だ、大丈夫です、七瀬さんはお怪我ないですか？」

「無傷だ」

「よかった……」

また、護られてばかりでなにもできなかった。

身体の力が抜けそうになるのを必死にこらえながら、七瀬の腕を離れる。

「待て、どうしてそんなに顔色が――」

眉をひそめて千紗の顔を覗き込んだ七瀬が止まる。カランカラン、と音を立て、足元になにかが転がってきたからだ。

よく見ると、それはなにか紙のようなものが巻かれた石ころだった。

ハッとして後ろを振り返れば、そこにはボロ着を身にまとった少年が立っていた。容貌から察するに、十歳くらいの子だろう。

「……この石を投げたのはお前か？」

足元にある石を拾いながら、七瀬が少年を見やる。

その声色は怒っているようには聞こえなかったが、ただでさえ威圧感のある七瀬に見据えられた少年はびくりと身を震わせた。

「そ、総督さま……？」

正面から顔を見るまで、七瀬の正体に気づいていなかったのだろう。少年は一瞬、ためらったように瞳を惑わせる。

「そうだ。俺は今、お前に質問したんだが」

「っ、たしかにその石は俺が投げました。でも、その女は石を投げられて当然のバケモノなんです！　総督さまにふさわしくない！」

少年が、千紗を睨みつけながら叫ぶ。

――バケモノ。

久しぶりに聞いた呼び名が、ずしりと心に重くのしかかった。

「どうしてそんなことを言う、彼女がお前になにかしたか？」

声にかすかな怒気を混じらせて、顔をしかめた七瀬。

すると、ひるんだ様子を見せながらも少年が口を開く。

「し、新聞に書いてあったんです」

「……新聞？」

「今朝の帝國東都新聞に『面布をした女が妖魔を呼んでる』って書いてありました。その女は、近衛軍総督の花嫁を名乗ってるって」

悲痛な面持ちでそう言った少年が、七瀬に紙束を渡す。

その紙束は少年の言う〝帝國東都新聞〟だった。

「これは……」

新聞の一面に出ていた記事を読んで、愕然とする。

【奇妙な面布をつけた少女が、街に妖魔をけしかけている】

【面布の下にあるのは〝妖魔を呼びよせる〟バケモノの瞳】

【少女はあろうことか、帝國近衛軍総督の花嫁を名乗っているという噂も】

そこにはありとあらゆる表現で千紗のことを糾弾する文面が載っていた。

「わ、たしが……妖魔を呼びよせた？　私のせいで街に妖魔が……？」

「待て、違う。事実無根だ。妖痕が妖魔を呼ぶという根拠はどこにもない」

身に覚えがないことで中傷され青ざめた千紗に対し、七瀬は強い口調で否定する。

それでも、目の前の少年はまるで仇《かたき》を見るようなまなざしで千紗を見ていた。

「嘘だ、さっきの妖魔だってあんたが呼んだんだろ！」

「ご、めんなさ――」

カタカタと震えながら謝ろうとする千紗を、七瀬が止めた。

「謝らなくていい」

「でも――」

「千紗はなにも悪くない。この記事がでたらめなんだ」

憤りを抑えるようにそう言って、再び少年を見据えた七瀬。

「お前も、自分の目で見たものだけを信じるようにしろ」

「だって、新聞に書いてあることが嘘なはず――」

「嘘なはずがないか。それはちゃんと自分で証明したのか？」

少年がぐっと言葉をのみ込む。

「お前の大切な人が、いわれもないことで悪者にされたとして『新聞に載っていたから』という理由だけで他人から石を投げられたらどう思う」

「……そ、それは」

「悲しくなったり、腹が立ったりするはずだ。大切な人をけなされた人間なら誰もがそうなる。俺もそうだ」

「うう……」

なにも言い返すことができなくなったのだろう。涙目でぎゅっと着物を握りしめた少年は、そのままくるりと踵を返して路地を駆けていった。

「おい――」

「七瀬さん……！」

少年を追いかけようとした七瀬の羽織をとっさに掴んだ。

千紗に阻止されたことで一瞬驚いた顔をした七瀬だったが、ちゃんとこちらに身体を向けてくれる。

「どうして止めるんだ？　あの様子じゃ、いろんなところで記事の内容を言いふらすぞ」

「もういいんです。たとえでたらめな内容だったとしても、私をよく思っていない人がこれを書いたということだけはわかります。こんな面布をした私が七瀬さんのそばにいることで、街の人が不安に思うのも当然です」

だからあの子を責めないであげてください、とこぼした千紗。

七瀬の顔は見ることができなかった。

きっとあの少年の心には、七瀬が言っていたように恐怖が根付いているのだろう。

恐ろしさを抱えた人々が、千紗のような異分子を受け入れられるはずがないのだ。

先ほどの少年が叫んでいた言葉がよみがえり、ずくりと胸が痛んだ。

──『総督さまにふさわしくない』……たしかにそのとおりだわ。

これまで積み重なってきた無力感や〝自分は七瀬の隣にいていいんだろうか〟という思いが、千紗の中で限界を迎えようとしていた。

そんな千紗を前に、七瀬が口を開こうとする。しかし遠くから聞こえてきた喧騒に、くっと顔を歪めて息を吐き出した。

「……ひとまず俺は周りの状況確認をしに行く。その前に馬車を呼ぶからそれまで待てるか?」

「はい、大丈夫です。待てます」

弱々しい笑みを作って返事をした千紗を、七瀬が引き寄せる。そしてぎゅっと強く抱きすくめた。

「ただそばにいてくれ、という言葉はきっと無責任なんだろうな。俺はお前を不安にさせてばかりだ」

「……っ」

掠れ声で呟いた七瀬に、千紗はなにも返すことができなかった。

涙すら出ないはずの左目が痛い。息がうまくできない。

その痛みはまるで、千紗に残る妖痕が『忘れるな』と叫んでいるようだった。


東都に夜の帳《とばり》が下りた。昼間の喧騒などなかったかのような静けさが流れる都に、雪が降り始める。

雪見障子をバタンと閉めながら、七瀬が新聞を机に投げつけた。

「すべて、でたらめな内容だな」

一条邸の応接間には、軍服に着替えた七瀬や東都隊の隊士たち、そして南雲がそろっていた。

座敷の隅に千紗の姿を捉えた南雲は一瞬固まったあと、気まずそうに会釈した。

「帝國東都新聞は、東都でしか発刊されてない新聞だ。俺への怨恨を持つ人物か、千紗を陥れたい誰かが偽の情報をタレ込んだんだろう」

そう言った七瀬が、なにかを取り出して机に置く。

それは、長細い紙のようなものだった。しわしわになったその紙を見て、あっと小さな声が出る。

「こ、れは……」

大きく書かれた【退魔】の文字には、嫌というほど見覚えがあった。

思わず身を乗り出した千紗を、七瀬が見やる。

「見覚えがあるのか？」

「は、はい。有馬家にも同じものが貼ってありました。帝から下賜された護符だと聞いていましたが、どうして七瀬さんがこれを？」

「この紙切れは、昼間の少年が投げた石に巻きつけてあったものだ」

たしかに、あのとき投げられた石にはなにか紙のようなものが巻かれていた。

「これは帝が下賜したものと同じ見た目をしているが、護符ではない」

もっと厄介で忌々しいものだ、と続けた七瀬が、手に持っていた小瓶を傾ける。

その小瓶から流れ出た液体が、紙切れの上に落ちた。すると瞬く間に紙が黒ずんでいき、やがて灰となって空気に消える。

「紙が……消えた？」

「まさかそれ、式札《しきふだ》じゃないですよね」

驚く千紗に対し、南雲が張り詰めた声を出す。

すると、苦々しい表情で七瀬が肯定した。

「そのまさかだな」

「そんな……」

ありえないとでも言いたげな表情で柱を背もたれにした南雲。

南雲が口にした『式札』とは、どういうものなのだろう。

千紗が疑問に思ったその答えはすぐ、七瀬によって明らかにされる。

「式札は妖魔を呼びよせるために作られた札だ。元々は帝がいる中央から妖魔を退けるため他の都市に貼られたものだが、倫理的な問題で数十年前に廃止された」

「妖魔を、呼びよせる……」

七瀬の言葉を繰り返しながら、千紗は数時間前の出来事を思い出した。

石を投げたあの少年は、千紗たちの後ろから出てきたはずだ。

もしかして昼間の妖魔は、あの紙切れを持った少年に誘われて千紗たちを襲ったのだろうか。

「で、でも式札って、今は作るだけでも法に触れますよね？　それがどうして本物の護符と同じ見た目で市中に出回ってるんです……？」

少しうわずった声で周りにいた隊士が問う。

「さあな。ただ、俺たちを悩ませた〝妖魔の家狩り〟はこの式札が原因で間違いないだろう」

手に持っていた小瓶をコトンと置きながら、七瀬が続けた。

「さっきの液体は妖魔の血が混じっていたんだ。あの式札には、妖魔の邪気を感知するとご丁寧に灰となって消える術がかかっていた」

「近衛軍が見つけられなかったのは、そういう理由だったってわけですか。ずいぶん舐《な》められたものですね」

苛立ちをにじませながら南雲が髪をかき上げた。

「新聞の記事も、護符に見せかけた式札も、近衛軍を強く意識している誰かの犯行であると容易にわかる。それなら、きっとすぐ次の一手を畳みかけてくるだろう。この護符もどきが東都中の民家にバラまかれていたとして、それが一気に使われたとしたら……都は終わりだ」

静かな声で七瀬が言葉を落とした。

かなり恐ろしいことを口にしているのに、どこか余裕を感じるのは彼の立場ゆえなのだろうか。

「すでに他の部隊には出動命令を済ませ、それぞれの配置につかせている」

「承知しました。式札が発動しないまま終わることを祈るしかないですね」

頭を抱えたまま目を伏せる南雲。

そこで、ふいに七瀬がこちらを見据えた。今まで感情が見えなかった七瀬の瞳に、わずかな波が生じる。

「一応進言しておきますが、千紗さんを現場に連れていくのは不可能ですよ」

「……わかっている」

長い沈黙のあと、眉間を押さえながら南雲に返事をした七瀬。その表情には、先ほどまで微塵も感じなかったかすかな焦りがにじんでいるように見えた。

「本当は、俺のそばに置いておきたいが……東都に妖魔があふれかえって千紗が襲われてしまえば元も子もないからな」

「えっと……」

自分に言い聞かせるようにして言葉を落とした七瀬に、少し戸惑う。

すると七瀬は小さく息をつき、千紗の頭に手を置いた。

「今から隊士を連れて出立する。明日の朝までには家に帰るから、千紗はゆっくり休んでいてくれ」

「……はい、無事にお帰りくださいますよう、お祈りしております」

「帰ったら話をしよう」

千紗の頭をそっと撫でた七瀬が呟く。

「話、ですか？」

「しっかり向き合って、話さなければいけないことがたくさんあるからな」

穏やかなまなざしでこちらを見つめる七瀬に視線を合わせ、笑みを返した。

「……わかりました。美味しい食事を作って待っていますね」

「それは楽しみだな、早く帰ってこないと」

「どうか、ご無事で」

きっと今から七瀬たちは、千紗が想像できないほど過酷な討伐に出るのだろう。心配で胸が張り裂けそうだったが、都を護るために出ていく彼を止めることなんてできない。千紗にできるのは、無事を祈ることだけだった。

「……すぐに戻る」

そう言って七瀬は千紗の額に口づけをする。

名残惜しむように目を伏せた七瀬だったが、すぐに離れて軍服の外套を羽織った。

黒いその衣をなびかせた瞬間、彼は帝國近衛軍総督の表情になる。

「目下、禁忌とされた式札によって緊急措置が必要な状況にあり。よって東都隊を率いて即刻対処するものとする」

空気の振動が伝わってくるほど、威圧感のある七瀬の声が響く。

瞬間、隊士たちが最敬礼をして応えた。

黒に包まれた七瀬が、振り返ることなく座敷を後にする。

七瀬たちが出ていったことを確かめた千紗は、パンッと自分の顔を叩いた。ふさいだ気持ちを取っ払って、気合いを入れ直すためだ。

――今から、この面布を外す。そして七瀬さんが帰ってくるまでに〝退魔の神通力〟を発現させてみせる。

　ふさわしくない、という言葉が刺さるのは、自分でもそう感じているからだ。今の千紗は、命がけで都を護る七瀬の花嫁としてふさわしくない。それなら、せめてなんの憂いもなく七瀬のそばにいられるよう、この力を開花させたい。

　ふるりと震えた手を顔の後ろにやり、堅結びで留めていた紐を解こうとした瞬間――誰かが千紗の肩をぽんぽんと叩く。

　反射的に振り返ると、そこには優しく微笑んだミチさんが立っていた。

「み、ミチさん……!?」

「ごめんなさい、邪魔しちゃったかしら」

「だ、大丈夫です……っ」

　ばくばくと鳴る心臓を抑えながらそう返すと、ミチさんはいつもと同じ優しい笑みをこぼした。

「甘いものでも食べて、横になった方がいいわね」

「え……？」

「千紗さん、なにか抱えてるものがあるでしょう。いろいろなことがあったんだもの、当然だわ。私でよければ話し相手になるけれど」

　千紗の背中をゆっくり撫でながら、言葉をかけてくれるミチさん。

その温かい手のひらに、張り詰めていた気持ちがほぐれていく。

「わ、私……」

「大丈夫よ、言ってみて」

七瀬がまた妖化してしまわないか心配だということ。どうしても外せない面布のこと。たくさんの言葉が頭によぎったが、喉元に出てきたのはひとつだった。

「……私、七瀬さんのことが好きになってしまったんです」

「あらあら、それはもう旦那さまに伝えた？」

口元を手で押さえたミチさんの顔が華やぐ。

「そっ、そんなことできません」

「まあ、それを言うだけでいろんなことが変わると思うのだけど」

数秒前とは一転し、悩ましい顔をして息をつくミチさんに、ふるふると首を横に振った。

「想いを伝えても困らせてしまうだけだと思うんです」

このままだと、幸せを感じるたびに辛くなってしまう。

七瀬の力になりたいのに、それができない自分がもどかしい。誰よりもそばにいたいのに、離れた方がいいのではないかと思ってしまう。

じわりじわりと広がった傷は、身分違いの恋心を自覚したとたんに鋭い痛みとなって千紗の心を蝕んだ。

「そう、千紗さんはきっと、大好きな人の力になれない自分が許せないのね」

「……はい、そのとおりです」

「旦那さまもそうよ、小さい頃から自分のことが大嫌いで、自分の無力さをいつも憎んでいる人だった」

──七瀬さんが、無力……？

七瀬を表すには正反対とも言えるその言葉に、目を瞬く。

「千紗さんも旦那さまも、誰かを愛することはできても愛されることには慣れていないのね。そういうところも、よく似ているわ」

そう続けたミチさんが、着物の合わせからなにかを取り出した。少しくたびれたそれは、帳簿のように見える。

「でもね、千紗さん。自分のことが許せなくても、どうか気づいてほしいの。旦那さまはきっと千紗さんに『そのままのあなたでいてほしい』って願っているはずよ」

ミチさんが帳簿を開くと、そこにはずらりと並んだ文字の羅列があった。

この綺麗な文字には見覚えがある。

「七瀬さんの字……？」

「ええ、これは一条家の帳簿よ。生活に必要な物の出納を記すために私と共有していたんだけど……千紗さんにも見てもらいたくて持ってきちゃった」

怒られちゃうかもしれないけど、とはにかんで、ミチさんが帳簿の頁《ページ》をめくった。

一行、二行と目を通していくうちに、千紗が一条邸へやってきた日の記述にたどり着いた。そこに書かれていた文章を見て目を見開く。

【一月五日　有馬家より千紗を保護し、奥の座敷に寝かせた。ところどころに傷が目立つ。明日、塗り薬を用意することを忘れないように】

【一月六日　千紗が家事を手伝いたいと言ってきた。まだ早いだろうが、要望はできるだけ聞いてやりたい。ミチさんに共有すること】

【一月七日　問屋が訪問。千紗の着物を見繕った。どの着物もよく似合う。もっといろいろなものを贈りたいが、かえって遠慮するだろうか】

【一月八日　夜に涙を流すことが少なくなってきた。明日は甘味をいくつか買って帰ろう。古月館の洋菓子でもいいかもしれない。彼女の笑顔が増えるように】

そこには、千紗のことが記されていた。七瀬らしいぶっきらぼうな文章ではあるが、一文一文、千紗を想って書いたことが伝わってくる。

「最初は備忘録みたいにして文を付け足しただけなんだろうけど、だんだん日記みたいになっちゃって……ふふ、きっと旦那さまは自分で気づいてないんでしょうね」

表情を和らげながら、帳簿の文を眺めたミチさん。

「私のことばかり……書いてあるように見えます」

「千紗さんを一番に想ってるのよ。私や他の女中たちにも千紗さんのことしか話さないんだから」

最後の頁には、【千紗が俺の光だ】と流れるような達筆で書かれていた。

震える手で文字をなぞり、はらはらと涙をこぼす。

「あまり自分のことを話さない人だから、わかりづらいだろうけど……旦那さまが求めているのはあなたの力じゃなくて、あなたの幸せよ」

心に差し込むようにして響いたミチさんの声に顔を上げた。

そして、いつか七瀬が言っていた言葉を思い出す。

『俺が望んでいるのは、お前が幸せに生きてくれることだけだ。それさえ叶うなら、あとはなにも望まない』

今になって、あの言葉の真意に気がつき、胸を押さえる。

七瀬によって綴《つづ》られた文字がひとつひとつ浮かび上がり、千紗の心に染みわたっていく。身にあまるほど大きく優しい想いに、涙が止まらなかった。

――私は、なんにも見えてなかった。七瀬さんのことが好きで、彼の力になれない自分が嫌いで……。でもそうやって自分を責めることで、今の七瀬さんと向き合えてなかったんだわ。

両手で涙をぬぐい、もう一度ぱちんと自分の頬を叩く。そして驚いた顔をしたミチさんに、笑顔を見せた。

「私、やっぱり神通力を開花させたいです」

「あら……これじゃ気持ちが伝わらなかったかしら」

「いいえ、七瀬さんのお気持ちは痛いほど胸に届きました。だから私も七瀬さんに、なんの迷いもなく自分の気持ちを伝えたいんです」

千紗の声色に強い意志が宿っていることが伝わったのだろう、ミチさんがふふっと微笑んだ。

「旦那さま、きっと喜ぶわ」

「そうでしょうか……?」

「ええ、私が保証してあげる。そうだ、甘いもの持ってきましょうか。食べながら、旦那さまたちが帰ったあとの献立を相談させてほしいの」

ぱっと明るい表情で手を合わせたミチさんに、笑顔でうなずく。

そういえばさっき、美味しい食事を作って待っていると七瀬に約束したのだった。

「もちろんです、一緒に考えさせてください」

「じゃあ少し待っててね」

ミチさんはそう言って顔をほころばせながら、座敷を後にした。

パタパタパタ、と軽やかな足音が遠ざかっていくのを聞きながら、千紗はぱたんと帳簿を閉じた。

――この帳簿は七瀬さんのものなのだから、見るのはこれきりにしよう。

彼が帰ってきたら、どんなことを話そうか。心の中で考えを巡らせた瞬間、後ろでスッと襖が開いた。

「ミチさん、なにか忘れ物ですか――」

なにも疑わないまま千紗が振り返ったそのとき、伸びてきた黒い手に口元を押さえつけられる。

「……っ!?」

「やっと隙ができたか、手こずらせやがって」

ねっとりと鼓膜に張りつくような冷たい声が響き、背筋が凍りついた。

この人はミチさんなんかじゃない。じゃあ、いったい誰がこんなことを――。

後ろから回り込まれているのか、顔を見ることはできない。それでも白んでいく視界の中、見なれた黒い袖が目の前をよぎる。

白い布を千紗の口に押さえつけた男は、近衛軍の軍服を着ていた。

ツンとした薬剤のような匂いが鼻腔《びこう》を通っていく。

これを嗅いでは駄目だ。とっさにそう思ったものの――。

「ふ、はっ、ゴホッ、ゲホ……ッ！」

強く布を押しつけられたせいで息が続かなくなり、嗚咽《おえつ》するように咳き込んでしまった。

とたんに視界がゆらぎ、頭の中が真っ白になる。

やがてがくんと膝を落とした千紗を見て、男がニヤリと笑った。

——七瀬さん。

喉まで出かけた声は、意識の外にむなしく消えていった。

（六）夜闇を照らす光

気がつけば、夢を見ていた。

かしましい蝉《せみ》の鳴き声が響く中、つんと焦げつくような匂いがする。

妖魔の血が自分の身体に混じっていく、薄ら寒い感覚。

耳元で聞こえる誰かの叫び声と、真っ赤に染まっていく視界。

断片的な〝その場面〟だけが頭に流れていく。

千紗はやがて、これが幼い頃の記憶であると気づいた。

妖魔に襲われて、左目に妖痕を残されたときの光景だ。

息を切らした誰かが、千紗の名前を何度も呼んでいる。

『……さ……千紗！』

とても美しい少年だった。

必死に千紗を揺さぶるその端整な顔には痛々しい傷ができており、瞳は真っ赤に染まっていた。

そうだ、この容貌には見覚えがある。

――七瀬さん？

少しあどけなく見える七瀬は、いつか見たときと同じ妖化した姿でそこにいた。

夢の中でその存在を確かめるがごとく、目の前で吐息を震わせる七瀬にそっと手を伸ばし触れてみる。

その頬は、氷のように冷たかった。

バチン、と目の前を閃光が走り、弾かれたように目を覚ます。

「はっ……はぁ……」

荒い息を整えながら、千紗はゆっくりと身体を起こした。

未だ混乱する頭の中によみがえったのは、先ほどまで見ていた夢の光景。

――あれは、私の過去？　でもどうして幼い頃の記憶に七瀬さんがいたの？

まぶたの裏で見た夢は、失った記憶がありありと映し出されたかのように鮮明だった。

「……っ」

もう一度夢の内容を思い出そうとしたとき、面布の下にある左目が強く痛む。

顔をしかめたその瞬間、すうと入り込んだ風が千紗の身体を撫でた。

凍てつくような寒さに思わず身をすくめた千紗は、そこでようやく自分が置かれた状況を思い出した。

――そうだ、たしか私はミチさんのことを待っていて、それからお座敷に入ってきた誰かに襲われて……。

とっさに辺りを見渡す。どうやら千紗は身ぐるみをはがされ、八畳一間の座敷に寝かされていたらしい。強い寒さを感じたのは、襦袢《じゅばん》姿でいたためだ。

嫌な想像がよぎり、おそるおそる全身を確かめてみたが、幸い乱暴された形跡はないようだった。

家具はなく、周りには武具のようなものと薄暗く畳を照らす常夜灯が置いてあるのみ。座敷を囲む襖には、鬼をはじめとした百鬼夜行の襖絵が描かれていた。

ここは一条家じゃない。一瞬でその事実に気づき、血の気が引いていく。

そのとき、目の前の襖が勢いよく開いた。

「やっと目を覚ましたのね」

「……え？」

そこには、千紗の着物に身を包んだ美華が立っていた。襖の奥に、有馬家の女中頭が控えているのも見える。

「お、お義姉さま……？」

なぜ、美華たちがいるのだろう。そして、どうして彼女が千紗の着物を着ているのだろうか。

なにもわからず困惑する千紗に対し、美華の瞳がスッと据わるのがわかった。

「立場をわきまえなさい、私はあんたの姉じゃないわ」

「――っ」

ぱしんと頬を叩かれ、鋭い痛みが走る。

叩かれた頬を押さえながら前を見据えると、美華はふっと笑って自身の襟元を指さした。

「ああ、この着物はもらってあげたの。着物だって、あんたみたいなバケモノに着られるより私に着られた方が嬉しいはずでしょ」

「それは七瀬さんからいただいたものです、返してください……っ」

「返して、ですって？　元々あんたのものじゃないわ。あれほど身の丈に合わない着物は身に着けるなって教え込んだのに、聞いてなかったのかしら」

しつけをし直さないといけないわね、と続けて手を振り上げた美華。

千紗が反射的に身をすくめたそのとき、美華の手を誰かが掴んだ。

「これ、その娘は大切な品物だ。むやみに傷をつけるでない」

そこに立っていた人物を見て、再び「どうして」とか細い声がこぼれる。

「どうして、田沼さまがここに」

千紗がそう言うと、その男——田沼泰山はニヤリと口角を上げて笑う。

有馬家で見たときとは違い、田沼は近衛軍の黒い軍服を身にまとっていた。

「どうして、というのは私がお前をさらった理由についての質問か？　それとも有馬家の令嬢と共にいる理由を聞いているのか？」

「……すべてご説明ください、ここはどこですか？」

千紗の震えに気づいたのだろう、田沼は下劣な笑みを深めた。

「一番街にある私の屋敷だよ」

「ミチさんや一条家の人たちは無事なのですか」

「あの家の者にはいっさい手出ししておらん。お前がいなくなって、今頃慌てふためいているだろう」

――とりあえずミチさんたちに危害は加えられていないのね。

千紗がホッと息をついたそのときだった。

「きゃあああぁあ――!!」

障子の外から幾重にも重なった悲鳴が聞こえ、思わずびくりと身体が跳ねる。

「ふふ、はじまったみたい」

「はじまった……？」

「式札を使って街に妖魔を呼びよせたのよ」

無邪気に微笑んだ美華に、絶句した。

美華はそのまま、瞳を三日月のように歪ませて続ける。

「街の人たちはみんな新聞に書かれたあんたの悪評を信じてる。だから、これから起こることは全部あんたのせいになるわ」

「まさか、あの記事を新聞社に持っていったのは……」

「私よ、なかなかよくできた記事だったでしょう？」

よくぞ聞いてくれましたと言わんばかりの顔で、胸に手を当てた美華。

「どうしてそんなことを？」

震え声で千紗が問えば、美華は得意げに微笑んでみせた。

「あんたと七瀬さまを引き離すために決まってるじゃない。あんたがおぞましいバケモノだってこと、みんなに知ってもらおうと思って」

なんて稚拙な理由なのだろうか。これを鼻高々と語れる美華の神経がわからない。

すると、田沼が千紗たちの前に歩み出た。

「あの記事にはいい働きをしてもらった。民の不安を煽《あお》り、式札をばらまきやすくしてくれたからな」

田沼から褒められたことが嬉しかったのか、美華がふふっと笑みをこぼす。

「私が街の人々から罪人扱いされることは構いません。ですが、どうして式札を街にばらまいたのですか。人々が傷つくのが恐ろしくないのですか？」

外からは、変わらず悲痛な声が漏れ聞こえている。街の人々が妖魔に恐れ、傷ついている証拠だ。

それなのに涼しい顔をしていられる田沼や美華には、ことの重大さがわかっていないように思えた。

「ふっ、はははは！　東都の民草などどうだっていいわ。式札をばらまいたのは、帝に私を選んでもらうためだ。私は中央に行って帝の元で刀を振るいたいのだよ」

「そんなことのために、人々を犠牲に？」

「そんなこと？　軍人にとって中央へ行くことは悲願だ。それなのに、五年前、東宮は私を退けてあの青二才……一条七瀬を総督に据えおった。とんでもない愚策だ」

ぎり、と歯を食いしばった田沼が言った。

そうか、と千紗は思う。

田沼は元々近衛軍に属する軍人だったのだ。軍から退いてもなお、こうして近衛軍の軍服に身を包んでいるのは、どうしようもないほどの未練があるから。軍人の矜《きょう》持《じ》を持っているわけではない。かつて持っていた地位や名誉が忘れられず、ただすがっているのだろう。

――悲しい人。実力がある七瀬さんのことを認められず、自分の幻影を追いかけ続けているのね。

「なんだ、なにか言いたいことでもあるのか」

田沼がこちらに歩み寄り、軍刀の鞘でくいっと千紗の顎を持ち上げた。

「……っ、私を一条家へ帰してください」

「帰すだと？　せっかくさらってきたのに、そんな馬鹿なことするわけなかろう。無能な東都隊はしばらく妖魔の対応に追われるはずだ。この隙に、お前には帝の献上品になってもらう」

「帝への献上品……？」

「帝が月守の末裔を捜していることくらい知っているだろう。それとも、そんなことすら知らずにのうのうと生きてきたのか？」

その言葉に、七瀬が言っていたことを思い出す。

最高権力者である帝が、月守の力を欲している筆頭だということを。

「お前は今や街に妖魔を呼びよせた大罪人だが、中央に連れていけば帝の慰めものくらいにはなるだろうよ。そうしたら今度こそ、帝は私をお認めになる。私はもう一度、あの地位を取り戻せる」

なんて自分本位な人なのだろうか。嫌らしい笑みを浮かべながら欲望を垂れ流す田沼に、唇を噛みしめる。

「田沼さまは、最初から神通力が目当てだったのですか？」

「そのとおりだよ。息子の婚約者を捜すというのはただの建前で、私が真に欲していたのは月守の血だ。てっきりどこかの好事家が買い取ったものだと思っていたが、まさか下女として虐げられていたとはなぁ」

田沼がにやりと口角を上げた。

「それなら……どうして田沼さまは私を一度見逃したのですか」

田沼はあの日、千紗の妖痕を見て驚いた様子を見せていた。

怒り狂ったように刀を向けてはいたが、無理に捕らえようとはしていなかったように思う。

「見逃したわけではない、もっと確実に捕らえる方法を選んだだけだ。妖魔にお前を襲わせ、混乱に乗じてさらうつもりだった」

「……塀にあった式札はあなたが貼ったものだったんですね」

あの日の妖魔は、式札につられて有馬家に入ってきたのだ。

不自然な位置に貼ってあった札を思い出し、合点がいく。

「そうだ、だがそこでも一条七瀬が私の邪魔をした。本当はあの青二才ごと始末してやりたかったが、有馬のご令嬢と約束してしまったからな」

千紗の顎から鞘を離した田沼が、美華を見やった。

「約束……？」

「あんたが帝に献上されたあと、私が七瀬さまの花嫁になるのよ。安心してちょうだい、七瀬さまは月守の力に魅了されただけだから、きっとすぐあんたのことなんて忘れるわ。あんたみたいな女に騙されてかわいそうな七瀬さまに、真実の愛を教えてあげるの」

まるで七瀬の花嫁になった未来が見えているかのように、うっとりと頬を染めた美華。

「さあ、早く神通力を開花させたまえ。これ以上被害を拡大させたくなかろう」

鞘から刀を取り出した田沼が、千紗に向かって構えた。

「力の封印を解く方法はもうわかっているのだろう？　それとも無理に開花させられたいか？」

「あ、あなたたちに力は渡しません……っ」

身体に力を入れ、涙がにじんだ目で田沼たちを見据える。

皆が求めるという、月に愛された力。

前までは、そんな力をどんなふうに使いこなせばいいのかわからなかった。

でも、今は違う。

「私は七瀬さんのためにこの力を使います。恐怖や悲しみで目が濁って、皆が世の中の醜さを呪ってしまうのではなく……美しさを喜べるような世にしたいのです」

七瀬が望んだ世を、千紗も一緒に見てみたい。

妖魔がいなくなった帝國で、七瀬と一緒に生きていきたい。

そのためなら、千紗は喜んでこの力を捧げるだろう。

刀を突きつけられながらも、まっすぐ前を見据えて言葉を落とした。

そんな千紗を前に、田沼は大きく舌打ちした。

「よっぽどその白肌に傷をつけられたいようだな。いいだろう、望みどおり痛めつけてやる。どれだけ持つか見物だ」

田沼が、千紗が着る襦袢の襟元に手をかけた。

薄衣の上を指が走る感覚に、ぞくりとする。

「やめてくださ……っ」

触れさせてはいけない。早くこの場から逃れて、一条家へ戻らなければ。必死に抵抗するものの、力で千紗が敵うはずもなかった。卑しい鬼のように眩んだ田沼の目つきに血の気が引いていく。

助けを乞うように横を向くが、そこにいた美華は口元を袖で覆ったまま、悪辣な笑みをたたえていた。

「ははははっ、口ほどにもないか弱さではないか！　やはりただの小娘だな」

田沼が高らかに笑った。強く掴まれた腕に、赤い痕が残っていく。

「や……だ……っ、七瀬さん……」

ほろほろと生理的な涙があふれ出た。

無意識のうちに口からこぼれ落ちたのは、愛しい七瀬の名前だった。

「そうだ、その面布も外してやろう。神通力は黄金色の瞳に宿ると言われているからな」

田沼の指先が千紗の面布にかかる。

「ななせ、さん……っ」

必死の思いで再び七瀬の名前を呼ぶと、遠くで鈍い爆発音のようなものが聞こえた。

「なんだ、今の音は」

バッと千紗から手を離し、身を翻した田沼が障子の奥を見やる。

眉間にシワを寄せた田沼が障子を開けると、そこにはしんと静まり返った庭があるのみだった。

「なにが起こっている……？」

顔を引きつらせた田沼がそう言った瞬間、すさまじい衝撃音が辺りに鳴り響いた。

「な、なんなの!?」

ただならぬ空気の変化に気づいたのか、美華が周囲を見渡す。

静かに降りしきる雪の中「ぎゃっ」という短い悲鳴が重なって聞こえた。

夜の暗闇にまぎれ、その足音がだんだんと近づいてくる。

「俺の花嫁が、ずいぶんと世話になったようだ」

やがて庭先から姿を現し、縁側に足を踏み入れたのは、黒き衣に身を包んだ帝國近衛軍総督――七瀬だった。

「七瀬さん……」

千紗がそう呼ぶと、殺気立った七瀬の雰囲気がふっと和らぐ。

思わず、敷居の手前で佇む彼の元へ駆け寄った。

「その恰好は――」

千紗が襦袢姿でいるのに気づいた七瀬は、一瞬で血相を変えて、千紗の身体を確認した。そして腕に残った赤い痕を見た瞬間、ぐらりと茹だるような殺気が彼から漏れ出す。

「なにをされた」

「少し腕を掴まれただけで、私は大丈夫です」

安心させるようにそう言うと、怒りを鎮めるように息を吐き出した七瀬が軍服の外套を肩にかけてくれる。そのまま、力いっぱい抱きすくめられた。七瀬の香りに包まれ、深い安心感が身体中に広がっていく。

「……遅くなってすまなかった」

七瀬の軍服はところどころが破れており、彼自身も傷だらけだった。きっと凄まじい激戦の中、何体もの妖魔を倒してきたのだろう。

「怖い思いをさせたな。もう二度とお前を傷つけないと、命を賭して護ると、そう誓ったのに……またお前をひとりにしてしまった」

千紗を抱きしめながら声を揺らした七瀬に、首を振る。

「私はもうひとりじゃありません。必ず来てくださると、信じていました」

そう言葉を落とすと、七瀬の腕が千紗の存在を確かめるように強まった。

千紗はもう、降りしきる雪の中でひとり死を待つだけだったあの頃とは違う。人の温かさに触れ、愛する人の優しさに包まれ、やっと自分がひとりぼっちじゃないと気づくことができたのだ。

「そんな、まさか……あの数の妖魔をすべて倒してきたというのか？」

七瀬の姿を確かめるがごとく視線を上下させた田沼が、言葉尻を揺らす。

そっと千紗から身体を離した七瀬は、凍てつくようなまなざしで田沼を見据えた。

「東都隊を甘く見てもらっては困る」

「馬鹿な……そ、それなら、なぜここがわかったんだ？」

「式札を持っていたお前の部下がすべて吐いたぞ。よほど人望がないようだな、近衛軍前総督の田沼泰山」

千紗の肩を強く抱いたまま、座敷の田沼を見据えた七瀬。

「前時代の死にぞこないが、俺の花嫁に手を出したことを後悔させてやる」

怒りに満ちた七瀬の声色が響き、空気がビリビリと震えた。

ぐっと言葉を失った田沼が、気圧《けお》されたように後ずさりをする。

すると田沼と同じく青ざめた美華が、涙目で七瀬の元へ近寄った。

「な、七瀬さま、私は違うんです、私はただ巻き込まれただけで……」

「お前は誰だ」

「誰って……なんのご冗談ですの？　有馬美華ですわ」

引きつった笑顔で、美華は七瀬にすがる。

そんな美華を、七瀬は心底興味がなさそうに見下ろした。

「俺は千紗以外の令嬢の顔を覚えられないし、覚える気もない。それで、どうしてお前が千紗の着物を着てるんだ？」

冷たい声でそう問いかけられた美華は、わかりやすく狼狽した。

「これは……そう、この女がいらないって言ったんです！」

「言ったのか？」

ふと、七瀬が千紗に視線を向けた。

まさか、という意味を込めて、ふるふると首を振る。

「七瀬さんからいただいたものを、そんなふうに言うはずありません」

「だそうだ。もう一度聞く。なぜお前が、俺が贈った着物を着ているんだ」

「っ、どうして？　どうして私より、その女のことを信じるんです……？」

ありえないとでも言いたげな顔で、美華は身を震わせた。

彼女が戸惑うのは、当たり前といえば当たり前だった。なぜなら美華はずっと、なにを願っても甘く肯定してもらえる環境にいたのだから。

「七瀬さまは月守の力に惹かれただけなのでしょう!? その女は七瀬さまの隣にいてはいけないバケモノですわ！　その女の素顔を見た人はみんな口をそろえて『醜い』と言うもの。七瀬さまにふさわしい花嫁は私です！」

「黙って聞いてやった俺が馬鹿だったな、醜いのはどちらだ」

表情を凍らせたまま、不愉快そうに眉をひそめた七瀬。

すると、美華が大きく目を見開いた。

「み、にくい……？　私が……？」

「そうだ。醜さを自省し、わきまえろ。それに月守の力が目的で千紗をそばに置いていると思っているのなら大きな間違いだ。力なんてなくとも、俺は千紗を心から愛している。俺がお前を選ぶことは、生まれ変わってもない」

七瀬の声が間近で響き、千紗はきゅっと襟元を握りしめた。

「そ、んな……」

「み、美華さまっ！」

へなへなと力を失った美華を、駆け寄った女中頭が支えた。

女中頭に引きずられ、美華が襖の奥へ下がっていく。最後に見た彼女は幽鬼のように蒼白な顔をしており、『社交界の華』と呼ばれた面影はもはやどこにもなかった。

小さく息をついた七瀬が、座敷に残る田沼を見据える。

「お前の部下はすでに警備隊によって身柄を確保された。大人しく投降するか？」

「くっ、ふ、ふふふ……投降だと？　そんなみっともない真似、するわけなかろう」

乾いた田沼の笑い声が響く。

言い終わると共に後ろ手を前に出した田沼は、その指先すべてに紙切れのようなものを挟んでいた。

それが式札であることに気づいた瞬間、背筋が凍る。

「これで終わりだと思うなよ、東宮に気に入られただけの青二才が！」

田沼がそう叫ぶと、式札に書かれた【退魔】の【魔】の字が赤く燃えるように光った。そして、今やもう嗅ぎなれた妖魔の匂いが辺りに充満し始める。

――妖魔が来る。

無意識のうちに身をすくめた千紗を、七瀬が引き寄せた。

七瀬はそのまま、千紗の前で膝を曲げる。

「俺の肩に手を回して」

「……え？」

「手を回して、強くしがみつけ」

七瀬の言うとおりにすると、彼はそのまま軽々と千紗を抱きかかえた。そしてもう片方の手で、鞘から抜いた軍刀を構える。

「な、七瀬さん、もしかしてこのまま妖魔と対峙するつもりですか……!?」

「ああ、千紗は目を閉じていろ」

「……っ」

間近で見た七瀬は、思っていた以上にボロボロだった。傷だらけで、身体の至るところから血が流れている。

「七瀬さん、戦っては駄目です、私が退魔の神通力を開花させてみせるので――」

慌てて面布の紐を解こうとした千紗を、七瀬が止めた。

「駄目だ」

「どうして止めるんですか？　だってこのままじゃ……」

このままじゃ七瀬が死んでしまうかもしれない。そんなの耐えられないと千紗が涙を流すと、七瀬はこちらを安心させるように言葉を落とした。

「格好くらいつけさせてくれ。千紗が抱きしめていてくれれば、俺は死なない」

今にも倒れてしまいそうな傷を負いながら、七瀬は不敵に笑った。

――ああ、この人には敵わない。

本能でそう感じ取った千紗は、あふれる涙をぬぐって、ひしと七瀬にしがみついた。

『グルルル……』

庭に現れた妖魔が低いうなり声をあげる。

肌に刺さるような悪意の気配で、何体もの妖魔がすぐそこにいるとわかってしまう。

不安な気持ちを抑えるように、目いっぱい腕に力を込める千紗。

すると小さく笑った七瀬が、千紗の頭を撫でた。

「いい子だ、そのまま絶対に俺から手を離すなよ」

「はい」

強く返事をした千紗を抱きかかえたまま、七瀬がゆっくりと庭に歩み出る。

すると、妖魔のうなり声がいっそう強くなった。

「月守の娘ごと、妖魔に喰い殺されるがいいわ！」

『グルル……グワァ!!』

田沼が声を張り上げた刹那、妖魔が一斉に飛びかかってくる。

短く息を吐き出した七瀬が、千紗の腰をきつく抱きすくめたまま刀を振り下ろした。

彼の刀技に呼応するがごとく、妖魔があげた断末魔の叫びが響き渡る。

鮮やかに舞った七瀬の刀が月明かりに照らされ、光の線を描いていた。七瀬の身体は血が滴るほど傷だらけなのにもかかわらず、漏れ出た殺気すら美しく感じてしまうのはなぜだろう。

降りしきる雪の中で次々と妖魔が塵になっていく。

しばらく七瀬にしがみついていた千紗だったが、とあることに気づいてハッと顔を上げた。

さっきまで間近に感じていたぬくもりが遠い。身体に鈍い衝動を感じるたびに、七瀬の体温が低くなっているのだ。

「七瀬さん、もう――っ！」

「……っ、大丈夫だ」

毅然とした声をこぼした七瀬だったが、その表情は険しく、額には汗がにじんでいた。

「くっ……ははは……っ、やっと効いてきたか！」

瞳孔を開いた田沼が、高らかな笑い声をあげる。すると彼が佇む座敷の中から、百合の花を煮詰めたような芳香がただよってくるのがわかった。

「なにを、したのですか」

「妖魔の力を強める香炉を焚《た》いたのだよ。お前を抱いて刀を振るっているそこのバケモノにもよぉく効くはずだ」

眉をひそめた千紗に対し、にやりと口角を上げた田沼。

そのとき、七瀬の刀が最後に残っていた妖魔をつらぬいた。

妖魔の核が塵となって消えたことを確かめた瞬間、七瀬がカクンと膝を落とす。

「っ、は……」

「七瀬さん……!!」

地面に膝をついた七瀬から慌てて離れ、その身体に手を当てた。

——身体が氷のように冷たい。霜がはっているみたいだわ。

千紗は腕の中で体温を失っていく七瀬の身体を必死に抱きしめた。しかしいくら身体をさすっても、苦しげに千紗の腕を掴み返すばかりで返事はない。

薄氷が割れるような音が聞こえる。七瀬の身体が妖化しようとしているのだ。

「……ち、さ」

名を呼ばれると共に、腕に感じたのはわずかな抵抗だった。きっと、自分から離れろと言いたいのだろう。

そんな抵抗ごと否定するように、千紗は腕の力を強める。

そのうちビリビリと肌を焼き尽くすような邪気が辺りに広がった。七瀬の身体から漏れ出したものだ。

「……つぅ」

多量すぎる邪気が刃のごとく襦袢を裂き、千紗の肌を傷つける。

細かい傷から血が流れ落ちる感覚に、ぎゅっと顔をしかめた。

「千紗、俺から離れろ……!!」

七瀬の絶叫にも似た声が鼓膜をつんざく。

「嫌です、絶対に離れません……っ」

「お前を、傷……つけたく、ない……」

半身を地面に傾け、嘆願するように言葉を吐き出す七瀬。

――こんなに傷だらけになっているのに、どうして私の心配ができるの。妖魔の前で封印を解かせようとしなかったのもそう。この人は、どうしてここまで私のことを想ってくれるんだろう。

はらりと、温かな涙がこぼれ落ちる。

「どうかわかってください、傷つけたくないのは私も同じです。私も、七瀬さんを苦しませたくないんです……っ」

「どうして……」

「七瀬さんをお慕いしているからです」

腕の中で七瀬の動きが止まる。ゆっくりとこちらに顔を向けた七瀬の息が白く揺れた。

赤く染まってしまった両眼が、少し惑ったのち、千紗を捉えた。

自分とよく似たこの人に想いを届けるためにはきっと、何度も繰り返し気持ちを伝えなくてはいけないのだろう。

傷はなかなか癒えないし、自分自身を肯定するのはとても難しい。それなら、何度だって伝えればいい。

抱えた痛みや癒しきれない傷痕ごと、あなたのことを愛していると。

「七瀬さんが好きです。だから、どうか私のことを頼ってください」

そう言って、面布の紐に手をかける。

迷いはすでになかった。

自分自身の手によって面布の紐が解かれ、白い布がはらりと落ちる。

目が合ったその瞬間、まばゆいほどの月明かりが差し込み、ふたりを照らした。

「千紗」

震える声で千紗の名を呼んだ七瀬が、こちらに手を伸ばす。千紗からあふれた想いが光となり、柔らかな羽衣のように七瀬を包んだ。

とくん、とくんと鼓動が速まっていく。美しい銀世界の中、千紗は封じられていた自身の記憶が溶け始めるのを感じていた。

「……千紗、愛している。お前は俺の最愛だ」

七瀬が、露わになった千紗の左まぶたに口づけを落とす。

七瀬の想いに呼応するように、青白く輝き続ける千紗の光。
それは、ふたりの過去をつなぐ光だった。

（終）はじまりの夏

——十二年前、千紗が六歳を迎えた夏。

その日、彼と出会ったのはまったくの偶然だった。

「そこでなにをしている」

「わっ……!?」

「ここは一条家の敷地内だ」

威圧的な声に振り返ると、眉をひそめた少年が立っていた。

友禅染めの紋服を着ているところから、かなり身分の高い家柄であることがわかる。

思わず見とれてしまうほどの美しい顔にうろたえながらも、慌てて頭を下げた。

「す、すみません……越してきたばかりで、家に帰る途中で迷ってしまったんです」

「越してきた？　お前、名前はなんという」

「千紗と申します。あなたは？」

「……七瀬だ」

ななせ、と名乗った少年は、千紗より四つ年上で、世のすべてを拒んでいるような冷たい雰囲気を持った人だった。

物心ついた頃からふたり暮らしをしていた千紗の父は不治の病にかかっており、普段からあまり姿を見せてくれない。

孤独を持てあました千紗は、たびたび七瀬の元を訪ねるようになった。

愛らしい桔梗が咲いた裏庭で、七瀬はいつも嫌々、千紗を迎え入れてくれた。

「ここはいろんなお花が植えられているんですね」

「花なんてどれも同じだろう」

庭を見渡して目を輝かせた千紗に対し、七瀬はつまらなそうに視線を外す。

手元に置かれた湯呑から、茶葉のいい香りがただよっていた。

千紗のことが気に入らないのなら敷地に入れなければいいだけなのに、七瀬はいつもこうして律儀にお茶を出してくれるのだ。

「どれも同じだなんてことないですよ。たとえば……ウメモドキと千両は見た目がとても似ていますが、よく見ると全然違った美しさがあるんです」

「お前は花が好きなのか」

七瀬と視線を合わせながら「好きです」とうなずく。すると七瀬は、腑に落ちたような表情を浮かべた。

「だからいつもこの庭に来るのか。だが俺と会うより、同じ年頃の友人と遊んだ方が楽しいだろう」

「同じ年頃の友人はいません。お父さまから『あまり他人と関わらないように』と命じられているので」

「俺はお前の父が言う〝他人〟だ」

つんと顔をそむけた七瀬に、目を瞬く。

「あなたは他人じゃありません。何度もお話しているし、名前も知っているし、こうして綺麗なお花を一緒に眺めてくれる友人です」

桔梗を見ながら微笑んだ千紗に、面食らったような顔をした七瀬。そして、大きなため息が返ってくる。

「じゃあその〝友人〟から頼みがある」

「なんでしょう？」

「明日からは、しばらくの間ここに来るな」

青と橙が混じったような七瀬の瞳が、まっすぐ千紗を見据える。

今までとはどこか空気感が違う拒絶の言葉に戸惑った。

「どうして来たらいけないんですか？」

「このあと、東宮さまの命令で妖魔との実戦訓練がある。訓練を受ければ、俺は普通の状態じゃいられなくなるだろう」

「普通の状態じゃなくなる？」

「とにかく、忠告はしたからな。しばらくこの屋敷には近づくな」

――忠告じゃなくて、説明が欲しいのに。

切なく歪んだ七瀬の表情に、言葉をのみ込む。

あなたのことをもっと知りたいと、言いたいのに言えない。

七瀬が、代々帝國近衛軍に属する名家の生まれであることは聞かされていた。しかし七瀬から両親の話を聞いたことは一度もない。

彼がこうして他者を拒絶する理由も、千紗にはわからなかった。


数日後。

しばらく来るなと言われたものの、気づけば千紗の足は七瀬の屋敷に向かっていた。

七瀬が自分に会いたくないのなら、会えなくてもいい。ただ、七瀬が深い傷を隠すようにして顔をこわばらせた理由が知りたかった。

一条家の裏庭へと続く塀に、そっと近づく。そのとき、なにかを耐えしのぶようなうめき声が、塀の中から聞こえてきた。

――この声、彼のものだわ。

一瞬ためらったものの、苦しげな七瀬の声を放っておけなくなった千紗は、思いきって塀の中へ入ることにした。

母屋の中庭へ続いているという小道を通り、いつもの場所にたどり着く。

七瀬は、茶室前に植えられた桔梗の前で膝をついていた。

その姿を見て、思わず息をのむ。

長く伸びた白髪に、鋭い牙。そして真っ赤に染まった双眸。妖魔のような容貌でそこにいた七瀬は、立ちすくむ千紗を見やって「どうしてここに来た」と呟いた。

「その姿は……」

「……俺は、妖魔の血を半分継いだ半妖だ」

苦々しい顔でそう言った七瀬は、妖魔の邪気を取り込みすぎるとこうして妖化してしまうのだと教えてくれた。

「妖魔の、邪気……」

「わかったら早く離れろ、俺はお前とは違うんだ。これ以上俺に関わらないでくれ」

「邪気を浄化したら、七瀬さんは消えてしまいますか？」

「……は？」

千紗の言葉に、七瀬が目を見開く。

「邪気を浄化してあなたを死なせてしまうのは嫌だったので聞きました」

「邪気を浄化するだけなら、死なないし消えない、だろうけど……お前はいったい……」

困惑する七瀬を落ち着かせるよう柔らかく笑みを浮かべる。そして地面に膝をつき、その手を握りしめた。

「やめろ、離れてくれ……お前を傷つけてしまうかもしれない」

ふるりと震えた七瀬の瞳に、初めて感情の波を感じた。

——強い言葉で拒んで、ここへ来させないようにしたのは……私を傷つけないためだったのね。

七瀬の不器用な優しさに気づいた千紗は、手を握る力を強めた。

「大丈夫です、私はどこにもいかないので、ひとりで耐えようとしないでください」

そう言って、七瀬の目を見つめた。

千紗が持つ黄金色の双眸がきらめく。その瞬間、全身の力を込めて七瀬の痛みを取りのぞきたいと強く願った。

すると千紗の身体から青白い光があふれ、七瀬を包み込んだ。

「この光、は……」

戸惑いがちに声を揺らした七瀬の姿が、元どおりになっていく。黒いモヤが消え、相手の心ごと慈しむような光が空気に混じって溶けたとき、七瀬はもう人間の姿に戻っていた。

「お前は、いったい何者なんだ？　どうしてこの光を使える」

戸惑う七瀬に、千紗はゆっくりと向き直った。

「私は他の人にはない力を持っているのだとお父さまから教えられました。この力は、退魔の神通力と言うらしいです。お父さまはなぜか私がこの力を使うことを嫌がるけれど……もし七瀬さんのお役に立てるなら、またこうして光を使わせてほしいです」

花が咲いたように微笑んだ千紗を、七瀬はしばらく見つめていた。

このときの千紗は、これからもっと彼と仲良くなり、いろいろな話を彼とできるのだと思っていた。季節ごとに咲く美しい花を眺めながら、これまでのように仲を深められるのだと。


しかし、その日は突然やってきた。

千紗が七瀬の屋敷に向かっていた途中、路地に妖魔が現れたのだ。数体の妖魔は、千紗の姿を見た瞬間、おぞましい唸り声をあげて襲いかかってきた。

それからの記憶は、とぎれとぎれで断片的にぼやけている。

かしましい蝉の鳴き声が響いて、つんと焦げつくような匂いがした。全身に鋭い痛みが走り、妖魔の血が自分の身体に混じっていくのがわかった。

――怖い、怖い、誰か助けて。

悲鳴すら上げられないまま助けを乞うたその瞬間、全身に柔らかな衝撃が走る。

耳元で聞こえる誰かの叫び声と、真っ赤に染まっていくまぶた裏の視界。なんとか目を開き、涙があふれる。

――ああ、七瀬さんが助けに来てくれたんだ。

見えたのは、血相を変えた七瀬が妖魔に刀を振るっているところだった。

「……さ……千紗！」

どれくらいの時間が経っただろう。辺りは静まり返り、蝉の声がただ鳴り響くのみ。

千紗を揺さぶり何度も声をかける七瀬は身体が妖化してしまっていた。

「な、なせさん……光を……」

「そんなの今はいい……っ。すぐに駆け付けられず悪かった、お前をこんな目に遭わせてしまって……」

どうしてそんな顔をするの、あなたは私の命を救ってくれたのに。あなたの方がボロボロで、傷ついているのに。

目の前で吐息を震わせる七瀬にそっと手を伸ばし触れてみる。

その頬は、氷のように冷たかった。

やがて、その場に千紗の父——夜市が駆けつけた。

千紗を抱えた妖魔姿の七瀬を見た夜市は、唖然とした表情を浮かべたのち、ひどく激昂した。

「お前……お前が、私の娘をこんなふうにしたのか!?」

やせ細った腕で千紗を奪い取り、七瀬に詰め寄る夜市。

七瀬は、顔をしかめるばかりでなにも返さなかった。

——違う、違うの、お父さま。その人は私を護ってくれたの。
必死に言葉をこぼそうとしても、空気が漏れ出るばかりで声を発することができない。
うなだれた七瀬を置いて、夜市が千紗を連れ帰る。
病が身体を蝕んでいるのだろう。千紗を抱えた夜市は、帰路を走りながら時折苦し
そうに喘鳴を上げていた。
薄くまぶたを開けると、そこにあった父の顔はおぞましいものを見るかのように歪
んでいた。
「お前には普通に生きてほしかった。普通の娘として育ってほしかった。それなのに、
どうして……なんて、醜い……」
——醜い、私は……醜いの?
自分が今どんなふうになっているのかはわからない。それでも夜市の言葉が、深く
心に突き刺さった。
「いいか千紗。お前はすべてを忘れて、普通になるんだ。私はじきにこの世を去るだ
ろう。私がお前にしてやれることはもうこれくらいしかない。今日起こったことも、
月守のことも、あのバケモノのことも、すべて忘れなさい」
涙を流しながら、夜市が千紗の頭を撫でる。

——待ってお父さま、私、あの人に伝えたいことがあるの。

忘れたくない。そばにいたい。もっと、もっと……。

「この面布をかぶれば、お前は記憶と共に力を失うだろう。お前が心の底から強く望まない限り、封印は解けない。お前は普通の女の子として幸せになるんだ」

最後に呪いのような愛の言葉を吐いて、夜市は千紗に面布をかぶせた。

記憶が凍りつき、淡い恋心を抱いた人の顔や声すら意識の彼方へ遠ざかっていく。

次に目を覚ましたときにはもう、千紗はすべてを忘れてしまっていた。


「千紗……？」

呆然と目を見開いたまま、はらはらと涙をこぼす千紗の背を、七瀬がさする。

穏やかで優しい手つきに、千紗はそっと七瀬の胸に頬を寄せた。

やっと、思い出した。すべてを失ったあの夏の日に、たったひとりの少年が身を挺して千紗を護ってくれたことを。

「……すべて、思い出しました。七瀬さんと出会った日のことも、妖魔に襲われた日のことも」

そう言うと、七瀬が息をのむ音が聞こえてくる。

「私は二度も七瀬さんに救われたんですね」

そう続ければ、視線の先で七瀬が小さく眉をひそめた。

「救ったとは言えないだろう。俺が千紗のところへ駆けつけたのは妖痕がつけられたあとなんだぞ」

「でも私は、七瀬さんがいなかったら確実に命を落としていたと思います。七瀬さんは、昔も今も私の命の恩人です。それなのに、お父さまの誤解を解けなくて……本当にごめんなさい」

「誤解ではない。あのときの俺は本当に、千紗を護りきれなかった自分を責めていたんだ。責めて、憎んで、自分自身に何度も刃を向けた」

違う、と返そうとした千紗を、七瀬が強く抱きしめる。

「でも、千紗が俺を生かしてくれた」

「私が……？」

「いつかお前に再会することが、俺の生きる意味になったんだ。お前の光をたどるように、俺は今まで生きてきた」

柔らかくそう言った七瀬に、ハッとする。帳簿に書かれた『千紗は俺の光だ』という言葉を思い出したのだ。

ぎゅっと目をつむって涙をこぼした千紗に、七瀬は続ける。

「俺はあの日からずっと、千紗のことを想い続けた。有馬家でやっとお前を捜し当てたとき、お前はすべてを忘れてしまっていたけど、それでもいいと思った。時間はかかってしまったが、ようやく一番そばでお前を護れる日が来たのだから」

力強い七瀬の声が、耳朶《じだ》をくすぐる。

七瀬は空いている片方の手で千紗の髪をひと房すくうと、そっと口づけをした。

長年募らせた恋心を真正面から伝えられているようで、じんわりと胸が温まる。

「七瀬さん、好きです」

「……俺もだ。日を重ねるたびに好きになっていくから少し困っている」

七瀬の腕がゆるめられ、互いの顔が見えるようになる。きょとんと目を丸めた千紗に笑みを深めた七瀬は、千紗の頬に小さく口づけをした。


数日後。

一条家の裏庭に、凛とした声が鳴り響いた。

「あらためて、今までのご無礼をお許しください。申し訳ありませんでした」

「そ、そんな……顔を上げてください」

最敬礼より深いお辞儀をした南雲に、あたふたしながら言葉を返す。

千紗はどうやら南雲から大きな誤解を受けていたらしく、知らぬうちに七瀬がそれを解いてくれていたのだと先ほど聞かされた。そしてこの謝罪である。

「私は大丈夫ですから、どうか気になさらないでください」

「別に許してやらなくてもいいんじゃないか」

「な、七瀬さん……っ」

しれっと横やりを入れてきた七瀬を見ると、真顔のまま、あらぬ方向を眺めていた。

「一条総督の仰るとおりです。謝っても謝りきれないことをしました」

「本当に気にしてないので……」

千紗が念押しすると、南雲はやっと敬礼を解いてくれた。

ホッと息をついた千紗の前に、鮮やかな花びらが舞う。

寂れていた茶室の前には椿が咲き誇り、雪景色の中で鮮やかな色をたたえていた。

茶室の縁側で洋菓子を口にした七瀬が、ふと顔を上げる。

「そういえば、田沼泰山と有馬家の面々が今朝の新聞に載っていたそうだ」

「……ああ、かなり大きな騒動になりましたからね」

南雲が沈んだ声を出す。

田沼はあのあと、遅れてやってきた南雲たちによって無事に取り押さえられた。

式札の流布に加担した有馬家の面々と共に、帝國から追放処分を受けるという。

美華は最後まで自身の潔白を訴えていたというが、新聞記事の捏造《ねつぞう》はかなり重い罪になるだろう。

「皆さんが無事で、本当によかったです」

千紗がそう言うと、南雲はきまり悪そうに苦笑した。

「都で、怪我人の手当を手伝ってくれた千紗さんのおかげでもあります。退魔の神通力はあれからどうですか、身体の調子は？」

「まだ時々、自分の意志と反して光があふれてしまうことはあるんですけど……」

自身の頬を触りながら、言葉を落とす。

千紗はあれから、一条家で過ごすときだけ面布を外すようになった。

素顔をさらした千紗を見つめて、七瀬が目を細める。

「だが、うまく使いこなせるようになってきたんじゃないか」

「ええ、なんとか」

開花した力にしばらく苦戦していた千紗だったが、やがて月守の力は〝相手の目をよく見て想いを込めること〟で発現するということに気がついた。

今は七瀬に手伝ってもらいながら、力の使い方を練習中だ。

「早く皆さんのお力になれるように頑張ります」

「そこまで頑張らなくていい」

「わっ」

むすっとした表情でそう言った七瀬が、千紗を引き寄せた。

「独占欲があるのは結構ですが、千紗さんが分け隔てなく力を使ったおかげであの新聞記事がデマだっていうのが知れ渡ったんじゃないですか」

こちらを見ずに、お茶をすすった南雲。

そんな南雲に、七瀬の眉間にできたシワが増える。

美華が仕組んだ新聞記事のせいで、都の中でも千紗を悪く言う人たちが一定数現れた。しかし七瀬たちと共に都を回ったり、怪我人の手当を地道にし続けた結果、だんだんと批判の声は収まっていった。田沼の事件が大々的に報じられたことも大きいだろう。

「千紗の評判を聞きつけた殿下や他の都の部隊長たちが、千紗を紹介しろとうるさいんだ」

心底嫌そうに、七瀬がため息を吐いた。

「いいじゃないですか。結婚するなら、挨拶回りは必須です」

真面目に答えた南雲に、ふるりと身体が震える。

「と、東宮さまや他の部隊長さまに挨拶……ですか、普通に話せるでしょうか……」

ぱちぱちと目を瞬かせながら千紗がそう言うと、七瀬がゆっくりこちらを見据えた。

「こんなに可愛い花嫁を、誰にも見せたくないな」

「えっ」

至極真面目な顔で言われ、ぼっと顔が赤くなる。

すると、お茶を飲み終えた南雲がパンパン、と手を叩いた。

「千紗さんに正式な謝罪もできましたし、私はここで下がります」

「えっと、でもまだお菓子が……」

「残りはおふたりで楽しんでください」

律儀にお辞儀をして、南雲が去っていく。

やがて、裏庭にふたりきりの静寂が訪れた。

「……南雲さん、行っちゃいましたね」

「追い払ったんだ」

ふっと笑った七瀬が、千紗の肩に頭をのせた。七瀬の綺麗な黒髪がさらりとなびき、甘い重心が肩にかかる。

「七瀬さん、お疲れですか」

「……なんでわかる？」

「七瀬さんがふたりきりになりたがるときは、大体任務のあとなので」

照れ隠しのつもりでうつむくと、小さな笑い声が返ってきた。

「任務のあとじゃなく〝いつも〟の間違いだ」

七瀬がゆっくりと身体を起こし、こちらを見つめる。

柔らかな表情で手を伸ばした七瀬の指先に、自身の右手を重ねた。そして、ずっと渡そうと思っていたものを手渡す。

「これは?」

「桔梗の花を刺繍した、ハンカチです。七瀬さんと、初めて一緒に眺めたお花なので……受け取ってくれますか?」

頬を赤くさせながら千紗がそう言うと、七瀬は薄く目を見開いたのち、幸せそうに微笑みをこぼした。

「ありがとう、生涯大切にする」

すると、そのまま腕を引っ張られ、重心が傾く。なすすべもなく、千紗の体は七瀬の胸にすぽんと収まった。

驚いて上を見上げれば、澄んだ七瀬の瞳と目が合う。

「千紗」

優しく名を呼んだ七瀬が、千紗の手をそっと持ち上げた。

「俺の花嫁。これからもずっと、俺のそばにいてくれるか」

細まった朝焼け色のまなざしが、千紗だけを見つめていた。その抱えきれないほどの幸福に、思わず胸を押さえる。

「はい、末永くおそばに置いてくださいませ」

笑顔を浮かべてそう答えた千紗に、七瀬が笑みを返す。

面前に咲いた椿の花びらが、柔い風に身を揺らしている。

夏はここに、愛らしい桔梗の花が咲くのだろう。

変わりゆく季節の美しさを、愛おしい人の隣でずっと眺めていたい。

雪をも溶かすまどろみのような陽光が、まるでふたりを祝福するかのように降り注いでいた。


【完】

あとがき

このたびは数ある書籍の中から『バケモノの嫁入り』をお手に取ってくださり、ありがとうございます。作者の結木あいと申します。

このお話の案を出したのはもう一年以上前になるので、こうしてあとがきを書いているとなんだか感慨深い気持ちになります。

はじめは『半妖』というワードだけが決まっていて、ああでもないこうでもないを繰り返したのちに、千紗と七瀬の物語ができあがりました。根気強くお付き合いいただいた担当編集さまには、感謝の気持ちでいっぱいです。

本作では、ひとりぼっちだった千紗と七瀬が互いを想い合い、ひとりからふたりになっていくまでの過程をゆっくりと大切に書いたつもりです。身も心もボロボロで、やっと生きてきたふたりが、相手からの想いを素直に受け取れるようになるまでは少し時間がかかります。それでも雪解けを迎え、本当の意味で寄り添えるようになったふたりには、これからも温かな日差しが降り注ぐでしょう。読了後、皆さまの心に少しでもぬくもりが届いていたら幸いです。

また今回、表紙絵を手がけてくださったのは夏目レモン先生です。最初にラフを見せていただいたとき、千紗と七瀬が物語から飛び出してきたのではないかと思うくらい魅力的で、とても感動したことを覚えています。素敵なふたりを本当にありがとうございました。

あらためまして、本作を刊行するにあたってご尽力くださった皆さま、そして本書をお手に取ってくださった読者の皆さまへ、深くお礼申し上げます。

また別のお話でも、皆さまとお会いできることを願って。

結木あい

この物語はフィクションです。実在の人物、団体等とは一切関係がありません。

結木あい先生へのファンレターのあて先
〒104-0031　東京都中央区京橋1-3-1　八重洲口大栄ビル7F
スターツ出版（株）書籍編集部 気付
結木あい先生

バケモノの嫁入り

2025年2月28日　初版第１刷発行

著　者　　結木あい　

発 行 人　菊地修一
デザイン　フォーマット　西村弘美
　　　　　カバー　北國ヤヨイ（ucai）
発 行 所　スターツ出版株式会社
　　　　　〒104-0031
　　　　　東京都中央区京橋1-3-1　八重洲口大栄ビル7F
　　　　　TEL　03-6202-0386（出版マーケティンググループ）
　　　　　TEL　050-5538-5679（書店様向けご注文専用ダイヤル）
　　　　　URL　https://starts-pub.jp/
印 刷 所　大日本印刷株式会社

Printed in Japan

定価はカバーに記載されています。
ISBN　978-4-8137-1710-2　C0193

スターツ出版文庫　好評発売中!!

『きみは溶けて、ここにいて』　青山《あおやま》永子《えいこ》・著

友達をひどく傷つけてしまってから、人と親しくなることを避けていた文子。ある日、クラスの人気者の森田に突然呼び出され、俺と仲良くなってほしいと言われる。彼の言葉に最初は戸惑う文子だったが、文子の臆病な心を支え、「そのままでいい」と言ってくれる彼に少しずつ惹かれていく。しかし、彼にはとても悲しい秘密があって…？　「闇を抱えるきみも、光の中にいるきみも、まるごと大切にしたい」奇跡の結末に感動！　文庫限定書き下ろし番外編付き。

ISBN978-4-8137-1681-5／定価737円（本体670円+税10%）

『君と見つけた夜明けの行方』　微炭酸《びたんさん》・著

ある冬の朝、灯台から海を眺めていた僕はクラスの人気者、秋永音子に出会う。その日から毎朝、彼女から呼び出されるように。夜明け前、2人だけの特別な時間を過ごしていくうちに、音子の秘密、そして“死”への強い気持ちを知ることに。一方、僕にも双子の兄弟との壮絶な後悔があり、音子と2人で逃避行に出ることになったのだが——。同じ時間を過ごし、音子と生きたいと思うようになっていき「君が勇気をくれたから、今度は僕が君の生きる理由になる」と決意する。傷だらけの2人の青春恋愛物語。

ISBN978-4-8137-1680-8／定価770円（本体700円+税10%）

『龍神と許嫁の赤い花印五～永久をともに～』　クレハ・著

天界を追放された龍神・堕ち神の件が無事決着し、幸せに暮らす龍神の王・波琉とミト。そんなある日、4人いる王の最後のひとり、白銀の王・志季が龍花の街へと降り立つ。龍神の王の中でも特に波琉と仲が良い志季。しかし、だからこそ志季はふたりの関係を快く思っておらず…。永遠という時間を本当に波琉と過ごす覚悟があるのか。ミトを試そうと志季が立ちはだかるが——。「私は、私の意志で波琉と生きたい」運命以上の強い絆で結ばれた、ふたりの愛は揺るぎない。超人気和風シンデレラストーリーがついに完結！

ISBN978-4-8137-1683-9／定価704円（本体640円+税10%）

『鬼の生贄花嫁と甘い契りを七～ふたりの愛は永遠に～』　湊《みなと》祥《しょう》・著

赤い瞳を持って生まれ、幼いころから家族に虐げられ育った凛は、鬼の若殿・伊吹の生贄となったはずだった。しかし「俺の大切な花嫁」と心から愛されていた。数々のあやかしとの出会いにふたりは成長し、立ちはだかる困難に愛の力で乗り越えてきた。そんなふたりの前に再び、あやかし界『最凶』の敵・是界が立ちはだかった——。最大の危機を前にするも「永遠に君を離さない。愛している」伊吹の決意に凛も覚悟を決める。凛と伊吹、ふたりが最後に選び取る未来とは——。鬼の生贄花嫁シリーズ堂々の完結！

ISBN978-4-8137-1682-2／定価781円（本体710円+税10%）

スターツ出版文庫　好評発売中!!

『星に誓う、きみと僕の余命契約』　長久《ながひさ》・著

「私は泣かないよ。全力で笑いながら生きてやるぞって決めたから」親の期待に応えられず、全てを諦めていた優惺。正反対に、難病を抱えても前向きな幼馴染・結姫こそが優惺にとって唯一の生きる希望だった。しかし七夕の夜、結姫は死の淵に立たされる。結姫を救うため優惺は謎の男カササギと余命契約を結ぶ。寿命を渡し余命一年となった優惺だったが、契約のことが結姫にバレてしまい…「一緒に生きられる方法を探そう?」期限が迫る中、契約に隠された意味を結姫と探すうち、優惺にある変化が。余命わずかなふたりの運命が辿る予想外の結末とは——。

ISBN978-4-8137-1664-8／定価803円（本体730円+税10%）

『姉に身売りされた私が、武神の花嫁になりました』　飛野《とびの》 猶《ゆう》・著

神から授かった異能を持つ神憑きの一族によって守られ、支配される帝都。沙耶は、一族の下方に位置する伊縫家で義母と姉に虐げられ育つ。姉は刺繍したものに思わぬ力を宿す「神縫い」という異能を受け継ぎ、女王のごとくふるまっていた。一方沙耶は無能と蔑まれ、沙耶自身もそう思っていた。家を追い出され、姉に身売りされて、一族の頂点である最強武神の武琉に出会うまでは…。「どんなときでもお前を守る」そんな彼に、無能といわれた沙耶には姉とはケタ違いの神縫いの能力を見出されて…⁉異能恋愛シンデレラ物語。

ISBN978-4-8137-1667-9／定価748円（本体680円+税10%）

『引きこもり令嬢は皇妃になんてなりたくない!　強面皇帝の溺愛が駄々漏れで困ります』　百門一新《ももかどいっしん》・著

家族の中で唯一まともに魔法を使えない公爵令嬢エレスティア。落ちこぼれ故に社交界から離れ、大好きな本を読んで引きこもる生活を謳歌していたのに、突然、冷酷皇帝・ジルヴェストの第1側室に選ばれてしまう。皇妃にはなりたくないと思うも、拒否できるわけもなく、とうとう初夜を迎え…。義務的に体を繋げられるのかと思いきや、なぜかエレスティアへの甘い心の声が聞こえてきて…？予想外に冷酷皇帝から愛し溶かされる日々に、早く離縁したいと思っていたはずが、エレスティアも次第にほだされていく——。コミカライズ豪華1話試し読み付き！

ISBN978-4-8137-1668-6／定価858円（本体780円+税10%）

『神様がくれた、100日間の優しい奇跡』　望月《もちづき》くらげ・著

不登校だった蔵本隼都に突然余命わずかだと告げられた学級委員の山瀬萌々果。一見悩みもなく、友達からも好かれている印象の萌々果。けれど実は家に居場所がなく、学校でも無理していい子の仮面をかぶり息苦しい毎日を過ごしていた。隼都に余命を告げられても「このまま死んでもいい」と思う萌々果。でも、謎めいた彼からの課題をこなすうちに、少しずつ彼女は変わっていき…。もっと彼のことを知りたい、生きたい——そう願うように。でも無常にも三カ月後のその日が訪れて…。文庫化限定の書き下ろし番外編収録！

ISBN978-4-8137-1679-2／定価770円（本体700円+税10%）

書店店頭にご希望の本がない場合は、書店にてご注文いただけます。